Hamed Abboud

In meinem Bart versteckte Geschichten

Aus dem Arabischen
von Larissa Bender und Kerstin Wilsch

Edition Korrespondenzen

Die Zeichnung zu Beginn der deutschen Übersetzung ist eine arabische Kalligrafie des Textes *Bart zu verschenken* und stammt von Yaser Algharbi, die deutsche Kalligrafie zu Beginn des arabischen Textes stammt von Anita Rupova.

Originalausgabe
© Edition Korrespondenzen, Reto Ziegler, Wien 2020
© Hamed Abboud, Wien 2020

Gesetzt aus der Minion Pro
Umschlag: Leif Ruffmann, unter Verwendung eines Autographen des auf
Seite 37 abgedruckten Einzeilers
Gesamtherstellung: Interpress, Budapest

Gefördert von der Stadt Wien Kultur, Literatur

www.korrespondenzen.at

ISBN 978-3-902951-44-1

Inhalt

In meinem Bart versteckte Geschichten

Ich habe über den Tod geschrieben, um ihn zu ermüden
und schreibe über das Leben, um es zu verstehen
Ich bin ein vernünftiger Dichter, der vernünftige Gedichte schreibt
um dieses unvernünftige Leben zu ertragen
Heute habe ich keine Lust zu schreiben
Doch ich habe ein paar schal gewordene Sätze von gestern
Noch gut genug
      um sie zu verkaufen
           und in ein anderes Land zu fliehen

Was wirklich aus den Zugvögeln wurde

Du und ich, wir wissen beide, dass ich nicht James Dean bin. Ich stehe nicht um sechs Uhr morgens auf und plane ganz spontan, das Gebäude, in dem ich schlafe, auf dramatische Art und Weise zu verlassen, um auf den stillen Hof der Cselley-Mühle zu treten, die seit langer Zeit ein Ort für Kulturveranstaltungen ist und wo ich heute eingeladen bin. Und ich bin nicht James Bond. Niemand flüstert das Wort »action«, woraufhin ich selbstsicher zur Küche auf der anderen Seite des Mühlenhofs loslaufe, um mir eine Tasse Kaffee zu machen, ohne mich um jene zu kümmern, die die Stille des Morgens bedrohen, der von kalten Wolken erstickt wird. Ich bin kein James und mich verbindet nichts mit ihnen, außer dass ich mich in einer Winternacht in den langen Mantel meiner Mutter hüllte und die Kapuze hochzog, sodass sie meinen Nacken und einen Teil meines Gesichts und meines Lächelns verdeckte und ich aussah wie einer jener Selbstsicheren, die für jedes Problem, das sich ihnen stellt, eine Lösung im Ärmel haben.

Während man versucht, zum Ziel zu kommen – oder in meinem Fall zum Kaffee –, wirft einem das Leben seinen Würfel in den Weg und setzt darauf, einen zu überraschen. Insbesondere dann, wenn einem der Schlaf noch immer die Augen füllt und man an nichts anderes denkt als an Kaffee und ein Stück Brot, die den Geschmack der abgestandenen Träume im Mund auslöschen sollen.

Mein erster Schritt auf den Hof schreckte den Vogelschwarm auf, der es sich auf den kalten Bodenplatten bequem gemacht hatte. Die Vögel flogen gemächlich vor mir auf, als hätte auch ihnen jemand das Wort »action« zugeflüstert, um den Beginn der Szene zu markieren, in der sie die Luft mit ihren Flügeln schlagen und mit instinktiver Spontaneität in verschiedene

Richtungen aufflattern sollten. Einige ließen sich auf dem Dach des Gebäudes nieder, andere flatterten fort und versteckten sich in den Kammern des großen Taubenschlags, der auf einem Steinsockel am Kopf des Platzes sitzt. Das plötzliche Aufschrecken der Tauben ließ mich an der Türschwelle stolpern, sodass ich auf lächerliche Art und Weise ein Stück vorwärtsrollte, als würde ich den Schüssen von Cowboys ausweichen, die wie in alten Westernfilmen versuchten, mich zu töten. Doch auf dem Hof waren keine Mörder, und keine Frauen versteckten sich hinter den Fenstern und warteten auf das Ende des Kampfes. Als ich wieder aufstand, waren da nur die Tauben, die über meinen unerwarteten Tagesbeginn lachten.

Außerhalb der großen Städte ist das Leben angenehm monoton, und das Burgenland hat mit seiner milden Luft und seiner beharrlichen Ruhe eine gehörige Portion dieses Glücks abbekommen. Auch stellen sich dort weder den Bewohnern noch den Fremden, die den Städtchen auf dem Land einen kurzen Besuch abstatten, die schwierigen philosophischen Fragen, die beunruhigen können. In der ländlichen Umgebung passieren stattdessen interessante Dinge, die einen in Aufregung versetzen und Fragen aufwerfen, die man vorher vernachlässigt und tief in sich hat ruhen lassen.
Von dem Augenblick, als ich den Hof betrat, über das Aufschrecken der Tauben und den Moment meines Stolperns bis zum erneuten Aufstehen vergaß ich den Kaffee, den ich hatte trinken wollen, und begann über die nächste Szene nachzudenken und darüber, ob ich das Rollen wohl üben sollte, um es höchst professionell aussehen zu lassen. Und ich dachte darüber nach, wie die Figur, die ich seit Langem spielte, sich entwickeln und zur nächsten Stufe aufsteigen würde, was ihr Engagement und ihre Arbeit an den Details betraf.

Die rechte Seite des Taubenturms, der am Kopf des Platzes steht, beherbergt dreißig kleine Kammern. Einige wurden vorsätzlich verschlossen, um die Anzahl der Vögel zu reduzieren, die alles um sich herum sehr professionell verdrecken.

Wenn Menschen auf dem Land sich treffen, stoßen sie in der Regel miteinander an und trinken, um sich nach einem langen Arbeitstag die Zeit zu vertreiben. Und egal, ob die Gespräche traurig oder fröhlich sind, die Bewohner des Burgenlandes lieben es, ihre Freunde und Nachbarn einzuladen, um mit ihnen zusammenzusitzen und Neuigkeiten auszutauschen. Und weil ich, nachdem ich zwei Jahre dort gelebt und mich an die Gesellschaft meiner Nachbarn gewöhnt hatte, beschloss, mich jenem Landstrich zugehörig zu fühlen, habe ich diese Angewohnheit übernommen und pflege diesen Brauch, sofern Gesellschaft da ist. Und das gilt auch jetzt auf dem Hof der Kulturmühle, nachdem ich diesen Bräuchen und Gewohnheiten fast entwöhnt war. Es gibt eine Tradition, die manche hier noch immer gerne pflegen: Punkt vier werden die Gläser hervorgeholt, und dann sagt jemand lachend: »Bier um vier.«

Doch seit ich in Wien wohne, habe ich keine Kollegen mehr, die sich zu mir gesellen, wenn mich der Durst ohne Vorwarnung überfällt. Die Stunden gleichen sich, und das Leben in der Stadt verhindert spontane Zusammenkünfte. Niemand wirft dir einen Gruß zu, und auch dein Nachbar grüßt nicht, selbst wenn du versuchst, ihn mit deinen Blicken herauszufordern, weil du dir wünschst, auf diese Weise nicht die paar Grußworte stottern zu müssen, die du in der neuen Sprache kennst.

Einige Vögel sitzen in ihren Kammern, während ein anderer auf der Schwelle des Taubenschlags hockt und mit der Neugier eines dummen Vogels die ankommenden und fortfliegenden Vögel beobachtet.

So viele Plätze gibt es in der großen Stadt, dass die Menschen sich verlieren und sich – anders als auf dem Land – nur selten zufällig treffen. Zum Glück aber haben sie ihre Hunde. Mit diesen gehen sie zu dem umzäunten Hundetreffplatz, um mit Fremden über ihr Leben zu plaudern, bevor sie, ein jeder mit einer schwarzen Plastiktüte in der Hand, ihres Weges ziehen und auf ein neuerliches Treffen hoffen – wenn die Bedürfnisse des Hundes zum Gassigehen und die des Herrchens auf einen Plausch zusammenfallen.

Und weil ich, aus nachvollziehbaren Gründen, keinen Hund besitze, der mir in der großen Stadt menschlichen Kontakt ermöglicht, suchte ich nach einem Ort, um ein flüchtiges Gespräch zu beginnen, das eventuell sogar zu einer spontanen Freundschaft führen würde.

Den von weit her kommenden Vögeln wird nicht erlaubt, in das Tauben-haus zu schlüpfen, das auf dem steinernen Sockel thront. Die dort wohnenden Vögel greifen jeden Außenseiter an, aus Angst, ein Ei könnte verschwinden oder der Platz um den Turm herum noch mehr verschmutzen, woraufhin noch weitere Kammern geschlossen würden.

So wie sich die Hunde auf den Hundeplätzen mehren, so mehren sich auch die Kneipen von Tag zu Tag in der großen Stadt. Einige von ihnen sind den Fremden vorbehalten, andere den Einheimischen und Zugereisten. Diese liegen fernab des Lärms des touristischen Stadtzentrums, wo die Beine im Sitzen gefaltet und die dünnen Selfiesticks ausgestreckt werden, und oft habe ich mich gefragt, ob mein Eintreten in eine dieser Kneipen in der Nähe meiner Wohnung wohl geduldet würde. Immer stärker trieb mich die Neugier darüber um, ob die Gäste mich wohl zurückgrüßen würden wie die Leute auf dem Land. Aber es dauerte lange, bevor ich mich endlich traute. Immer wenn ich eine einsame Kneipe sah, in der ein paar Gäste hockten, überlegte ich, hineinzugehen und mich neben sie zu setzen. Und ich fragte mich, ob der Kellner mich wohl willkommen heißen oder mit Missbilligung reagieren würde. Nachdem in schon zwei Jahre in der Stadt gewohnt hatte und durch ihre Straßen gelaufen war, entdeckte ich zufällig an einer Ecke meines Wohnviertels eine kleine Kneipe. Draußen waren or-dentlich ein paar Stühle aufgereiht und drinnen standen einige Tische in dem relativ kleinen Raum verteilt.

Also gut, ich war jetzt ein Flüchtling mit Erfahrung in Sachen Leben und Lebensrettung und ihrer Geheimnisse. Und ich war nicht mehr so jung wie bei meiner Ankunft auf diesem vielversprechenden grünen Flecken Erde. Mit einer einfachen Rechnung auf der Schwelle zur Kneipe zählte ich an den Fingern meiner ersten Hand vier Jahre, die ich zur Hälfte auf dem Land und zur Hälfte in der Stadt verbracht hatte, und an den Fingern der anderen Hand zählte ich die Geldscheine, die in meiner Tasche steckten. Dann trat ich ein, verbarg meine Verlegenheit hinter meinem Lächeln und grüßte Kellner und Gäste, die ich an meiner dritten Hand abzählte.

Die Gespräche der Gäste wurden leiser und ihr Lachen erstickte, als ich die Kellnerin um ein Bier bat. Offenbar waren sie begierig zu hören, was ich bestellte. Doch als ich mein Glas zur Hälfte leergetrunken hatte, plauderten sie schon wieder in gewohnter Lebhaftigkeit, und ich hatte den Eindruck, dass die meisten schon vor längerer Zeit zu trinken begonnen hatten. Dass ich schweigend an der Theke saß und in den Spiegel vor mir starrte, musste wohl den Groll eines der Männer hervorgerufen haben, denn er fragte mich, wie ich hieße und ob ich in Österreich oder einem anderen Land aufgewachsen sei. Ich antwortete auf der Stelle, ich käme aus dem Burgenland. Er musste über meine überraschende Antwort lachen, und nachdem ich in sein Lachen eingefallen war und ihm erklärt hatte, dass ich Syrer und Burgenländer zugleich sei, mischte sich die Kellnerin ins Gespräch ein. Sie habe zwar schon viel im Leben gesehen, sagte sie, aber sie hätte niemals geglaubt, dass eines Tages ein Mann in ihre Wiener Kneipe kommen und sich selbst stolz als Landei vorstellen würde, ohne es als Witz zu meinen.

Der Mann, der mich angesprochen hatte, hieß Yasmen. Er erzählte, er sei vor langer Zeit vom Balkan nach Österreich gekommen. Und die Kellnerin Goga, eine geborene Kroatin, war vor über dreißig Jahren eingewandert. Der Mann am Nebentisch hingegen, so schloss ich aus seinem Akzent, war Österreicher. Er war in einer Stadt in Alpennähe geboren.

Wenn ein Vogel dir auf den Kopf macht, hast du Glück, heißt es. Und wenn er woanders hinmacht, hast du auch Glück.

Yasmen bestand darauf, mir ein Bier auszugeben. Ich konnte seine Einladung trotz meinem schüchternen Abwehren – schließlich konnte ich meine Getränke selbst bezahlen – nicht ablehnen. Vielleicht wollte ich meine Würde bewahren, sollte diese Einladung aus Mitleid darüber ausgesprochen worden sein, dass ich ein vor dem Krieg geflohener Flüchtling war.

Im Burgenland hatte ich mich daran gewöhnt, von meinen Freunden eingeladen zu werden, und ich hatte diese Einladungen immer gerne angenommen. Es war die ländliche Großzügigkeit, die es in Großstädten, wo Termine penibel eingehalten und Treffen praktisch und pragmatisch sein müssen, nicht unbedingt gibt. Seit ich in die Stadt gezogen war, gab es diese Einladungen und netten Zusammenkünfte, bei denen man sich bestens amüsierte, für mich nicht mehr. Deshalb war ich über Yasmens Angebot mehr als überrascht.

Ich stieß mit Yasmen an, dankte ihm für seine Freundlichkeit, und wir plauderten über dies und das. Er erzählte mir, welche arabischen Wörter er von seinen Aufenthalten im Orient behalten hatte, und ich sagte ihm, welche Wörter ich auf dem Land gelernt hatte. Als wir bei der Politik angekommen waren, stellte sich heraus, dass Yasmen zwischen Kritik an der Regierungspolitik der letzten Jahre und ihrer Unterstützung schwankte. Daniel hingegen, der Mann am Tisch, versuchte mir zu erklären, dass Österreich nicht fremdenfeindlich sei, aber dass es Grenzen gebe. Um die Kapazitäten und Ressourcen des Landes nicht zu überlasten, sollte man den Flüchtlingen die Tür vor der Nase zuschlagen.

Ich vermutete, dass die Diskussion mit Daniel zu dieser späten Stunde zu keinem Ergebnis führen würde, und versuchte, dem Gespräch die Ernsthaftigkeit zu nehmen. In einem Land, dessen Bewohner einen Helikopter als Himmelstraktor bezeichneten, sagte ich, würden die Ressourcen niemals erschöpft.

Die Vögel, die kein Glück hatten, im hölzernen Vogelhaus geboren zu werden, bleiben auf dem Dach hocken. Sie warten auf den Abflug der heimischen Kollegen, um eine freie Kammer zu ergattern und sich darin auszuruhen, bevor sie wieder vertrieben werden.

Ich bin selbstverständlich nicht James Dean oder James Bond und ich habe mit keinem dieser James irgendetwas zu tun. Aber ich rolle zwischen dem Burgenland und Wien und zwischen den Figuren, die ich seit einiger Zeit recht gut spiele, perfekt hin und her. Ich bin der Feigling, der Geflüchtete, der sein Leben rettete, aber nicht die Demokratie in seinem Land. Ich bin der neue Flüchtling, der von den alten Flüchtlingen gehasst wird. Ich bin der Dichter, der keine Gedichte mehr schreibt. Ich bin der Witzbold, der seinen Humor verloren hat. Ich bin der Burgenländer im Burgenland und der Fremdling in Wien, der syrischen Kaffee in der Türkei trinkt und türkischen Kaffee in Syrien. Und die Tauben sind die Einzigen, die über mich lachen, wenn ich auf lächerliche Art und Weise rolle und über meine sich wandelnden Identitäten stolpere.

Man erzählte mir, dass die Cselley-Mühle vor vierhundert Jahren erbaut worden sei. Aber man sagte mir nicht, ob man das Taubenhaus mit dem roten Dach für Zugvögel oder für heimische Vögel aus den benachbarten Dörfern errichtet hatte, die auf der Suche nach Körnern sind. Sie bewahren die Körner in einem Speicher auf, aus dem ein beachtlicher Anteil auf die kalten Steinplatten des Platzes rieselt.

Ich habe immer geglaubt, dass die Vögel, die von weit her kommen und nach einem Platz zum Leben suchen, normalerweise etwas mitbringen, das die anderen Vögel dazu animiert, die fremden Vögel zu empfangen und als neue Nachbarn zu akzeptieren. So etwa hat der Zugvogel einen Ast im Schnabel, der für den Nestbau geeignet ist, oder ein Stückchen Eisen oder einen glänzenden Stein für den Schmuck. Wahrscheinlich haben die Vögel es den Menschen abgeschaut, die von Ort zu Ort reisen, stets ein Mitbringsel dabei, das das Interesse der Bewohner der Stadt weckt und diese dazu veranlasst, sie willkommen zu heißen.

In jener Nacht bestand Daniel in der Kneipe darauf, mich gleichfalls einzuladen und mein nächstes Bier zu zahlen. Die Großzügigkeit von Fremden, die nichts über mich wussten, als dass ich vom syrischen und österreichischen Land kam, verwunderte mich. Und es machte Freude, sie ihrerseits als Ausdruck meiner Dankbarkeit für ihre Nettigkeit einzuladen, mit der ich weder in jener noch in einer anderen Nacht in der großen Stadt gerechnet hatte.

Wie ein Vogel, der Vertrauen gefasst hat, näherte ich mich Daniel vorsichtig und erzählte ihm, dass wir, als wir beschlossen, in anderen Ländern Zuflucht zu suchen, um zu überleben, statt vor dem Tod zu kapitulieren, viele wichtige Dinge einpackten, um sie mitzubringen. Manche brachten ihr Geld mit; manche waren geflohen, und alles, was sie besaßen, war ein besonderes, vom Großvater ererbtes Rezept für die Herstellung von Hummus; manch andere hatten ihre Zeugnisse dabei und wieder andere ihre Geschichten, die ihnen auf der Zunge lagen. Und unabhängig davon, ob wir etwas Greifbares im Gepäck hatten, das glänzte oder Interesse hervorrief, oder ob wir mit unseren Flügeln schlugen, unter denen sich nichts verbarg als Spuren unseres früheren Lebens, so brachten wir doch alle unsere Identität mit. Und diese Identität fügt jedem Viertel in dieser großen Stadt einen neuen, besonderen Glanz hinzu. Diese seltsamen Identitäten, mit denen wir aus Angst vor den Cowboys, die unsere Träume töten, von Ort zu Ort rollen. Vielleicht aber erlauben uns diese Identitäten, in einer kleinen Kammer zu hausen, auf dass wir anerkannte, wenn auch ungleiche Nachbarn werden.

Das Beobachten des Taubenhauses, das einheimische Tauben von gleicher Form und Farbe beherbergt, wird dich sicher langweilen. Und während dein Blick auf der Suche nach anderen Geschöpfen hin und her wandert, die deine Fantasie anregen und die Figur, die du schon seit einiger Zeit spielst, dazu motivieren, sich zu entwickeln und an ihren Details zu arbeiten, wirst du dir philosophische Fragen stellen, die du tief in dir hast ruhen lassen. Es ist, als würdest du dich fragen, ob der Ort deine Identität verändert hat oder ob du den Ort durch deine Identität veränderst.

Als ich klein war
träumte ich, dass Gott mit mir Verstecken spielt
und danach verschwindet

Der Sohn Adams oder Die unendliche Suche

Schuf Gott Adam womöglich als kleines Kind, auf dass er durch sein Paradies krieche, heranreife und schließlich unter dem Schutz der Engel, begleitet von ihren Gebeten, aus den Kinderschuhen wachse?

Wir erreichten Athen nach einem fünfzehntägigen Fußmarsch, vorbei an Militäreinheiten und kleinen Dörfern, die im Grenzgebiet zwischen der Türkei und Griechenland wie hingeworfen dalagen. Und ich sage, »wir erreichten Athen«, weil wir erst dort den ersten Bissen Angst geschluckt und uns an seinen Geschmack gewöhnt haben. Und weil unsere Ankunft in Alexandroupoli keine wirkliche Ankunft war, sondern nur ein kurzer Transitaufenthalt, voller Umsicht, Argwohn und Furcht, stets verdächtigt, Flüchtlinge zu sein, mit der daraus folgenden Konsequenz einer raschen Zurückweisung, wenn man unseren Gesichtern unser Syrischsein angesehen hätte. Das Kilo Datteln, das wir mitgenommen und von dem wir uns hatten ernähren wollen, war am vierten Tag aufgebraucht. Mein Bruder beschimpfte mich, weil ich den Keks als Vogelfutter auf die Fensterbank meines Zimmers in Istanbul gelegt hatte. Und ich meinerseits tadelte die Natur, weil die Bäume keine nennenswerten Früchte trugen, mit denen wir auf dem Marsch unseren Hunger hätten stillen können.

Wie jeder, den sein Weg durch Athen führt, kam auch ich am Hügel der Akropolis vorbei. Ich blieb am Torbau, den Propyläen, stehen, um nachzusehen, ob die Götter anwesend waren – oder wenigstens einer von ihnen. Ich wollte unbedingt eine göttliche Amnestie oder Anerkennung nach der Pilgerreise, die ich gerade beendet hatte. Und ich wünschte mir ein paar Antworten auf viele offene Fragen, auf die ich bisher noch keine einzige Antwort erhalten hatte.

Unser dunkler Teint kam uns zupass, um zwischen den Touristen zu wandeln, die den Tempel besichtigten. Woher nur kam dieses unser tiefdunkles Braun, waren wir doch immer nachts gelaufen und hatten in den Wäldern im Schatten der Bäume geschlafen, um uns vor der Sonne wie vor den Augen unerwartet auftauchender Passanten zu schützen! Vielleicht hatten wir die Farbe aus Scham vor den Ländern angenommen, die uns ausgewiesen oder schlecht behandelt hatten, oder es war – wahrscheinlicher noch – eine Verdunklung des Herzens, die durch die Poren unserer Haut gedrungen war, um sichtbar zu machen, was wir vorher nicht hatten aussprechen können.

Gleich nach unserer Ankunft kletterte ich den Hügel hinauf. Ich stieg die abgenutzten Stufen hoch und musste von Zeit zu Zeit Luft holen. Bei diesem sehr steilen Aufstieg leuchteten mir die schwachen Lichter, die den dunklen Weg säumten, doch am Ende musste ich wider Erwarten feststellen, dass die Tore verschlossen waren. Aber ich hatte doch mit eigenen Augen helles Licht im Tempel gesehen! Was für eine Unhöflichkeit und Nachlässigkeit der Götter, die da auf dem Gipfel des alten Hügels kauerten!

Sie öffneten die Tore nicht, obwohl sie dort drinnen hockten und sich über mich lustig machten! Vielleicht tuschelten sie aber auch über meinen dämlichen Glauben daran, gleich nach meiner Ankunft herzlich empfangen zu werden.

Sie öffneten zwar nicht, doch ich hörte sie flüstern:

»Dieses Beharren der Menschen ist schon komisch! Sollen wir die Lichter ausmachen, damit sie sich verhalten, als wären wir nicht hier? Wir werden nicht öffnen ...«

Eine Woche blieb ich in Athen, dann machte ich mich auf den Weg nach Thessaloniki. Vor der Abreise starrte ich jeden Tag zu dem Hügel, ich sah Lichter im Tempel und die Schatten der Götter, die sich zwischen den hohen Säulen hin und her bewegten. Ich hörte ihr unbekümmertes Lachen, sie waren damit beschäftigt, die Köpfe der Menschheit abzurunden und sie von der Höhe des Hügels zu den Niederungen des Lebens hinab-zurollen ...

Als ich dort in meinem weit entfernten kleinen Zimmer hockte, zählte ich die Schatten der Götter und ließ bedrückt die Zeit vergehen.

Während des zweiten Teils meiner Reise grübelte ich darüber nach, was geschehen wäre, wenn sie mich tatsächlich eingelassen hätten; wenn die Tore des Tempels offen gewesen wären und wenn ich dort gesessen, den Göttern Fragen gestellt und eine Antwort nach der anderen erhalten hätte. Und während ich über diese Möglichkeiten nachdachte, entfernte ich mich weiter von Griechenland und drang tiefer nach Mazedonien ein. Ich folgte den Schienensträngen, als seien sie die Lebenslinien meiner Hand-flächen.

Wie jeder Erwachsene wusste ich, dass es Antworten für Kinder gewesen wären. Kinder stellen einem die unschuldigsten und kuriosesten Fragen, und du musst dich anstrengen, Antworten zu erfinden, die zu ihrem Ver-ständnis von ihrer kleinen und gleichzeitig großen Welt passen:

»Ich habe mir ein neues rotes Auto von Gott gewünscht. Warum hat er mir stattdessen einen Panzer geschickt?«

»Warum ist es in Ungarn so kalt, Papa?«

»Warum laufen wir vor ihnen weg, obwohl sie uns mit schwarzen Fahnen zuwinken? Ich will mit ihnen spielen.«

»Ich habe mir von Gott noch einen dritten Bruder gewünscht. Wohin ist mein anderer Bruder verschwunden? Ist er losgegangen, um unseren neuen Bruder zu holen? Und hat er ihn an die Hand genommen, damit er sich nicht verläuft?«

»Spricht Gott auch Deutsch? Und war er auch auf so vielen Schulen und vermisst viele Freunde?«

»Kann ...?«

»Wie ...?«

Ich wusste, dass ich als Erwachsener nicht die Antworten erhalten würde, die ich wollte, und dass ich mein ganzes Leben lang nach ihnen suchen würde. Gleichwohl hatte ich manchmal das Gefühl, wie ein kleines Kind vor meinem Bruder zu stehen, der versuchte, mir ein paar scherzhafte Antworten hinzuwerfen, in der Hoffnung, dass ich mich damit zufrieden gäbe.

Schuf Gott Adam als Erwachsenen in seinem Paradies, auf dass er darin wandele, den weiten Schatten der Bäume suche und sich eine einsame Hütte baue, in der er über sein neues weites Paradies nachdenke?

Wir sind von Natur aus neugierig. Wir hätten aus dem Bauch unserer Mutter direkt ins Paradies kommen können, ohne den vorübergehenden Transitaufenthalt in diesem Leben. Aber wir haben entschieden, ein bisschen hier zu bleiben und alles zu hinterfragen, was uns in den Sinn kommt, gleichsam als gäbe es die Antworten umsonst.

Das Paradies ist eine verlorene Antwort auf Fragen, deren Echo widerhallt und die doch nicht beantwortet werden.

Als Kind hörte ich meinen Vater zu jemandem sagen: »Ich weiß, dass du bankrott bist, wenn du ausschließlich über die Vergangenheit sprichst.« Aber hier, in Österreich, habe ich nur Erinnerungen. Meine Sprache ist immer noch wie die eines kleinen Kindes, das bei jedem richtigen Satz eine Belohnung oder ein Bonbon erwartet. Und meine Freunde, die man an den Fingern zweier Hände abzählen kann, sind beschäftigt und weit fort, sind deprimiert oder schreiben Gedichte und kommen nur, wenn ihnen ein Gedicht auf den Kopf fällt.

Ich beschwere mich nicht, aber ich sage:
»Ich habe Gott sei Dank keinen Finger im Krieg verloren.«

Ich bin nicht bankrott, doch die Vergangenheit ist auch schön. Man kann sich nur das Schönste davon auswählen, ausschließlich das, was dem Herzen am liebsten ist. Sogar die Vergangenheit, an die man sich nicht vollständig erinnern kann, kommt einem vor wie eine große Oase, in der es nur Süßwasser gibt, und man selbst ... ist durstig.

In den neunziger Jahren lebten wir in einer kleinen Stadt, an die sich nur erinnert, wer Zenobia besuchen, auf Kamelen reiten oder auf seiner Orientreise Erdöl als Souvenir kaufen wollte. In jenen neunziger Jahren hielt ich Zenobia für die Großmutter der Touristen, die regelmäßig kamen, sie zu besuchen und sich nach ihrem und dem Wohlergehen ihrer Büste zu erkundigen. Nicht nur das: Ich als Zenobias Nachbar habe sie in meinem ganzen Leben nicht gesehen.

In jener goldenen Zeit meiner Kindheit sahen wir die Fernsehwerbung ausländischer Kanäle:
»Kommen Sie nach Europa, dem Paradies Gottes auf Erden.«

Hat Adam diese Werbung von oben gesehen und geglaubt, er sei am falschen Ort?

Das Paradies ist auch die unendliche Suche nach allen zukünftigen Erinnerungen, und in dieses Paradies zu gelangen und es zwischen den Fingern zu spüren, von denen man zufälligerweise keinen im Krieg verloren hat, bedeutet möglicherweise das Verschwinden des großartigen Wertes, auf dieses Paradies zu hoffen. Es bedeutet möglicherweise, dass man kein Ziel mehr im Leben vor Augen hat. Und egal, ob dieses Paradies die Erlangung von Wissen ist, das Aufgehen in der Liebe, die Zugehörigkeit zu einer neuen, anderen Gesellschaft oder die Sehnsucht nach der ursprünglichen, die unter einem Krieg leidet, oder vielleicht der Versuch, die Geheimnisse des Lebens zu entdecken oder unvergleichliche Erfolge zu feiern, so verliert all das seinen Wert, sobald es Wirklichkeit wird, und es beginnt unverzüglich das Streben nach dem nächsten Ziel oder dem nächsten Paradies.

Ich weiß nicht, ob Gott Adam als kleines Kind in seinem Paradies erschaffen hat und ob Adam sich nach dem langen Aufenthalt danach sehnte, fortzugehen oder sich auf die Suche nach einem solchen Paradies zu begeben, von dem Jorge Luis Borges immer geträumt hat: ein Paradies voller Bücher. Vielleicht langweilte sich Adam in seinem Paradies, wo er jeden Tag die Tür öffnete, wo er alles über das Paradies wusste, wo er in jeder Ecke Kindheitserinnerungen und Erinnerungen an pubertäre Abenteuer hatte. Vielleicht glaubte er, dass er ein neues, unbekanntes Paradies brauche, dessen Landkarte er nicht habe. Vielleicht verbrachte er deshalb sein Leben auf der Suche danach und gab seinen Tagen und seinem Streben ein Ziel, nämlich die Suche, begleitet von einem endlosen inneren Konflikt: »Welches dieser beiden neuen Paradiese ist groß genug für all diese Begierde, diese Lust und dieses Zaudern?«

Genauso wenig weiß ich, ob Gott ihn als einen Erwachsenen erschaffen hat, der zurückblickte und keine lange Geschichte fand, die er zum Teil vergessen konnte, sodass er nicht wusste, wer er wirklich war. Deshalb verbrachte er seine Tage in einem Paradies, das er nicht kannte. Und deshalb trieb ihn die Sehnsucht hin zum Unbekannten, das ihn erfüllte mit einem Gefühl von Vertrautheit und Seelenfrieden, ungefähr so, als sei er auf der Suche nach etwas, was ihm gleiche.
»Das ist es, wonach ich gesucht habe!«, sagte er. »Hier endet diese endlose Suche.«

Ich weiß nicht, welche dieser beiden Wahrheiten wahr ist, aber ich weiß, dass ich Adams Sohn bin und dass ich etwas Ähnliches fühle wie mein Vater an dem Tag, als er sein Paradies verließ und sich Richtung Grenze aufmachte, nicht wissend, ob er je wieder von dort zurückkehren oder ob er sie überschreiten und seine Reise einen guten Ausgang nehmen würde.

Ich bin das Sperma, das angekommen ist
ohne den Wunsch, zu sein oder nicht zu sein
Gern wäre ich nur ein Vorbeikommender gewesen
an den man hin und wieder zurückdenkt
Ich bin das Sperma, das angekommen ist und um seine Brüder geweint hat
die starben
      und mich
           alleinließen

Das vergessene Leben des Hamed

Mein Name ist Hamed, und ich komme ursprünglich aus einer Stadt, die stets mit dem Attribut »provinziell« belegt wurde, mit all den Assoziationen von Dörflichkeit, Beduinentum und Nomadenleben, die dieser Begriff bei uns evoziert. Und auch von einstöckigen oder zweistöckigen Zelten – ein typischer Witz von Leuten, die mir die Frage stellen, ob es bei uns auch echte Häuser und Gebäude aus Stein gebe.

Mein Name ist Hamed, und ich komme aus der Stadt, die die Assoziation von Wüste nicht von sich weisen kann, obwohl der Euphrat sie wie eine Lungenarterie durchfließt. Auch die von den Franzosen in den zwanziger Jahren des letzten Jahrhunderts erbaute Brücke taugt nicht, um von der Stadt sagen zu können, sie sei früher einmal mit der Zivilisation Europas in Kontakt gekommen und von ihrer damals explodierenden Moderne befruchtet worden. Obwohl der das Projekt beaufsichtigende Ingenieur einen Namen hatte, der wie Monsieur Fifo klang! Über jemanden, der einen Bekannten mit einem solchen Namen vorweisen kann, kann man zumindest behaupten, er habe Niveau und Geschmack.

Doch angesichts der Tatsache, dass der Stadt das Beduinentum geradezu anhaftet, fliehen die jungen Leute zwangläufig in andere Städte, machen sich von Zeit zu Zeit in die Hauptstadt auf, wo sie in billigen Unterkünften absteigen und sich mit dem Gefühl von Stadtleben und der Nähe zu prächtigen Geschäften und bunten, aufgemotzten Bars auftanken, von denen es bei ihnen zu Hause bedauerlicherweise keine gibt.

Die Vision vom Studium in einer anderen Stadt ist indes so weit verbreitet und ersehnt wie ein schwer zu verwirklichender Sommertraum.

Und um das Bild zu vervollständigen, sollte auch der Militärdienst nicht unerwähnt bleiben, bei dem die Soldaten in verschiedene Städte des

Landes verteilt werden. Die Abkommandierung in meine oder ähnlich provinzielle Städtchen im Osten der Republik, die an der Grenze zur Wüste liegen – geographisch wie von ihrer Natur her –, war schon immer ein deutliches Zeichen für eine Bestrafung des Soldaten und ein schlagender Beweis für seine nicht vorhandenen Beziehungen zu hohen Tieren in der Regierung oder beim Militär.

Und weil der Ursprung meines Namens im Beduinentum liegt, seit die wildesten Stammesscheichs und härtesten Männer der Wüste ihn tragen, hielt man alles, was ich über die Landbevölkerung und das Landleben erzählte, für bare Münze. Man ging wie selbstverständlich davon aus, dass ich wusste, was in den Winkeln der Dörfer passierte, dass ich den Weg zu ihnen und ihre Namen kannte – wie jeder andere normale »Hamed« auch.

Meistens gab ich deshalb zum Besten, was ich wusste – und was ich nicht wusste. Natürlich kenne ich die Namen der Stämme und ihrer Oberhäupter. Auch weiß ich, wie man den bitteren arabischen Kaffee zubereitet, ich kenne den Geschmack von Kamelfleisch und weiß, wie fett die Milch der Tiere ist. Und genauso geht man wie selbstverständlich davon aus, dass ich beim Singen von Volksliedern die Reime ergänzen kann, obwohl ich ihnen in meinem ganzen Leben niemals Beachtung geschenkt habe.

In Damaskus war ich ganze zwei Mal, in Aleppo habe ich immerhin sechs Jahre gelebt, und in beiden Städten habe ich eine Lieblingsstraße. Mein Provinzstädtchen aber hat dreißig Jahre in mir fortgelebt. Ich genieße es, auf dem Boden zu sitzen, und wirkliche Freunde sind mir jene, die dies mit mir zusammen tun – auch wenn diese Art zu sitzen für volkstümlich gehalten wird und nicht mehr zu den modernen Salons und Zusammenkünften passt.

Doch obwohl sich die Versammlungsformen wie auch die Städte mit der Zeit verändert haben: Ich sitze noch immer auf dem Boden, wenn ich kann. Und ich fliehe das Land und das Leben, das zwar in der Theorie zu meinem Namen passt, das ich aber zu verbergen suche – und gehe in die Stadt.

Bei meinem Vater habe ich mich früher über meinen Namen beschwert, hatte ich doch die dümmsten Witze und den schlimmsten Spott all der Kinder aus den modernen schönen Städten mit gutem Ruf ertragen müssen, die mit ebenso modernen Namen gesegnet waren. Die Erklärung beziehungsweise Rechtfertigung meines Vaters für die Wahl meines Namens hatte gelautet, ich würde ihm noch einmal dankbar sein, weil ich später der einzige »coole Typ« mit einem Namen so alt wie seine Stadt sein würde, die sich sichtlich schwertut, ihr Alter und den Staub der Wüste abzuschütteln.

Und tatsächlich, ich habe mich bei ihm bedankt und ihm bei einem meiner Besuche erzählt, nun wirklich dieser einzigartige Mann mit dem einzigartigen Namen an der Universität geworden zu sein.

Es fühlt sich gut an, mit seinem Namen zufrieden zu sein, und es fühlt sich noch besser an, diese Qual wegen des eigenen Namens nach etlichen Jahren überwunden zu haben.

Doch das Leben gibt und nimmt, und auf diese Regel ist Verlass. Nur sollte man darauf hoffen, dass die Phase des Gebens länger ist als die des Nehmens. Oder in der Phase des Gebens geboren zu sein und auch zu sterben, denn so trickst man das Leben aus.

Im Auf und Ab all dieses Gebens und Nehmens bin ich nun ein Flüchtling und wurde in Österreich aufs Land geschickt, weit draußen in ein Dorf, das kleiner ist als jede Stadt, in der zu leben ich jemals geträumt habe. Und wie aus Gewohnheit versuchte ich, von dort zu fliehen, nach Graz oder Wien, um in den Straßen und Geschäften das Leben zu spüren, mich über die Autos zu ärgern, die nicht halten, um mich über die Straße gehen zu lassen, und noch mehr über die anderen, die anhalten.

Früher habe ich immer behauptet, dass wir als Flüchtlinge Parias seien, oder Parias als Flüchtlinge, und dass wir weit fort aufs Land verbannt wurden – weit entfernt von den Städten, der Gesellschaft, den Lichtern der

Geschäfte und den Schaufenstern –, weil die Gesellschaft Angst vor uns habe. Und ich konnte gut nachvollziehen, dass die Flüchtlinge, sobald sie den Bescheid über ihren Aufenthalt in Händen halten, auf der Stelle in die großen Städte fliehen, ohne Abschied, ohne Reue über die Trennung und ohne sich auch nur für einen einzigen Moment umzublicken.

Ob der Entschluss, im Dorf zu bleiben, in die Rubrik von Geben oder Nehmen fiel, wusste ich damals nicht, doch ich blieb und begann mich wie jeder normale Hamed auf dem mir fremden Land zu verhalten. Ich lief wie jeder Landbewohner weite Strecken von Dorf zu Dorf, ich kannte alle Neuigkeiten der Nachbarn, ich fragte, was passiert sei, wer geheiratet habe, wer fortgereist und wer in die Stadt gegangen sei, ohne mir von dort ein Geschenk mitgebracht zu haben – wie jeder Landbewohner, dessen Welt durch die beiden kleinen Hügel begrenzt ist, hinter denen die Sonne auf- und untergeht.

Mir wurde bewusst, dass, genauso wie sich eine Stadt von der anderen unterscheidet, und ein Tag vom anderen, auch mein gestriges Ich nicht dem heutigen gleicht und auch das Landleben überall unterschiedlich ist.

Dann erzählte mir mein österreichischer Freund, dass er sein Leben als Richter zwar in den großen Städten verbracht habe, sich nun aber, nachdem er in Rente gegangen und müde und grau geworden sei, in das kleine Dorf auf dem Land zurückgezogen, sich ein Haus gekauft und ein Auto angeschafft habe. Mir indes gab er den Rat, in die Stadt zu gehen, weil ich für das Landleben nicht geeignet sei. In zehn oder zwanzig Jahren, wenn ich einmal Vater sei und eine Familie gegründet hätte, dann könne ich immer noch zurückkehren, dann bräuchte ich einen Garten, viel Ruhe, Grün und Tiere. Dann würde ich meinen Kindern weit abseits der Hochhäuser und abscheulichen Autoabgase die Natur erklären.

Mir schien diese Vorstellung nicht nachvollziehbar, weder im Ganzen noch im Detail. War es möglich, dass das Landleben hier ein Privileg war, das man sich erarbeiten musste? Konnte es sein, dass für manche das Land das Paradies darstellte, das man als Belohnung zum Lebensende bekam?

Waren wir blind gewesen? Hatte man uns etwa nach unserer Flucht aufgenommen und aufs schöne, beschauliche Land geschickt, damit wir uns von Krieg, Verlust und der Erschöpfung nach der Flucht erholen können und den Bäumen und der unschuldigen Natur von unserem Leid erzählen, auf dass die sanfte Morgenbrise die Verwirrung unserer geflüchteten Seelen besänftige?

Eines Nachts, als ich bereits in der großen Stadt lebte, konnte ich nicht schlafen und wälzte mich von einer Seite auf die andere. Die Vorstellung ließ mir keine Ruhe, dieses Geben und Nehmen piesackte mich und erinnerte mich daran, wie viele Überraschungen das Leben für mich bereithielt und wie viele Details ich im jeweiligen Moment nicht beachtet hatte. Vor Freude darüber, an einem Ort gelebt zu haben, an dem die meisten Menschen am liebsten ihren Lebensabend verbringen würden, biss ich mir in die Finger.

Ich wünschte mir, dass alle Menschen plötzlich wie jeder normale Hamed würden und begriffen, dass das Leben mehr gibt, als es nimmt.

An meine großherzige zukünftige Ehefrau:
Ich war für drei Tage im Gefängnis, doch du sollst wissen
dass ich mich freiwillig gestellt hatte
Die Haftzelle bot Platz für viele
    Einer hatte »Syrien« an die Wand geschrieben
    ein anderer unter dem Fenster
                    »Hoffnung« eingeritzt

Bart zu verschenken

Ein kahler Boden mag vielleicht eine Rasenfläche um ihr Grün beneiden, um ihre hübsche Farbe und das dichte Pflanzenwachstum, weil dies ein natürlicher Instinkt eines jeden Wesens ist – es sei denn, es ist selbstgenügsam, was selten genug vorkommt. Aber dass ich den Neid eines Mannes auf einen anderen erleben werde, auf seinen dichten schwarzen Bart, der Wangen und Hals vollständig bedeckt ..., das kann ich mir nicht vorstellen. Es hat den Anschein, dass die Projektionen und Metaphern der englischen Redewendung »Auf der anderen Seite ist das Gras immer grüner« über das vernünftige Maß hinausgegangen sind und sogar die Schwelle zur Eifersucht auf die Schwärze eines Barts überschritten haben. Welche Konsequenzen der Träger des Bartes für diese Heimsuchung erdulden muss, die, wenn er sich ihrer entledigen will, immer nur weiter sprießt und noch härter und dichter wird, wird dabei außer Acht gelassen.

Kennen Sie die Karikatur, auf der zwei Männer sich gegenüberstehen, zwischen ihnen eine auf den Boden geschriebene Zahl, die jeder der beiden von seiner Perspektive aus jeweils als eine Sechs oder eine Neun sieht? Die beiden können sich einfach nicht einigen, denn sie sehen nicht das gleiche Bild. So geht es mir mit meinem europäischen Freund in Hinblick auf meinen Bart. Jeder von uns sieht, was er von seiner Perspektive aus sehen möchte. Für ihn ist der Bart die vollkommene Männlichkeit, der Gipfel erstrebenswerter männlicher Schönheit, während er für mich eine furchtbare Verdächtigung mit sich bringt. Und ich kann nicht zulassen, dass er wächst, mein Gesicht erobert, meine Umgebung verängstigt und, wenn er ein gewisses Maß überschritten hat, an Schwärze und Ungebührlichkeit zunimmt.

Während meiner Zeit im Gymnasium wartete ich sehnsüchtig auf den Augenblick, in dem mein Bart zu sprießen begänne. Ich schmierte mir sogar Rasiercreme ins Gesicht und ließ, als Übung für ein zukünftiges tägliches oder wöchentliches Ritual, das Rasiermesser über meine Wangen gleiten. Aber niemals hätte ich gedacht, mir einmal zu wünschen, dass mir die Barthaare ausfallen oder dass meine Gene von denen meiner Familie abweichen würden, die bei ihrer ersten Gründungssitzung beschlossen hatten, Härte und nicht enden wollende Schwärze in sich zu tragen, gleichsam wie ein schwarzes Loch, das die Farben und den menschlichen Respekt vom ersten Blick an rücksichtslos und unverdrossen schluckt.

Der Bart, von dem ich geträumt hatte, damit ich in die Welt der Männer aufgenommen würde ..., auf den ich gewartet hatte, um in die Bars eingelassen und einen Irish Coffee bestellen zu können, ohne hämische Bemerkungen des Kellners, für eine solche Bestellung sei ich noch zu klein, oder der mich, sogar wenn ich ihm meinen Ausweis unter die Nase hielt, argwöhnisch ansah ..., der Bart, von dessen Berührung die Mädchen träumen würden – oder von dessen Härte und meiner Härte –, das ist genau der Bart, den ich jetzt trage, den ich stutze, bevor ich mich auf den Weg zum Flughafen oder zum Gespräch mit der Asylbehörde mache oder wenn ich zu einer kultivierten europäischen Hochzeit gehe, wo der Blutdruck in den Adern des weißen Hochzeitskleides die Schwärze und Ernsthaftigkeit meines Bartes nicht erträgt.
Wurde Jesus vielleicht aus Eifersucht und Neid wegen seines wunderschönen Bartes gekreuzigt?
Wurde Che Guevaras Leichnam womöglich aufgebahrt und fotografiert, weil er, bevor er getötet wurde, seinen Bart nicht rasiert hatte?
Wäre der Bart des Weihnachtsmannes schwarz gewesen, hätte er dann die Unterstützung von Coca Cola erhalten und hätte diese Firma ihn zu ihrem wichtigsten Mann in der Weihnachtszeit gemacht?
Und warum musste Gott einen langen weißen Bart haben? Weiß ist die Mischung aller Farben, die sich in rasender Geschwindigkeit um sich selbst

drehen. Warum ist das langsame Schwarz verhasst und warum verweigert man seiner fortwährenden Behinderung den Respekt?

Wissen Sie, warum ich mir während meines Aufenthalts auf dem Land keinen Hund angeschafft habe? Weil der Bart wie ein Haustier ist. Ich muss ihn maßregeln und mich verbürgen, ihn dreimal täglich an die frische Luft zu führen. Die Verantwortung für meinen Bart ist so groß, dass ich dazu nicht auch noch die Verantwortung für einen Hund übernehmen konnte.

Kennen Sie den Unterschied zwischen mir ohne und mir mit Bart?
Ich bin widerspenstig, kindlich, spontan und ich kann problemlos eine Portion Happy Meal bei McDonald's bestellen, ganz einfach, weil ich meinen Bart zu Hause gelassen habe.
Aber würden Sie mich in Winterkleidung erkennen? Ehrwürdig, respektiert, trage ich alle Vorurteile der Gesellschaft mit mir herum und gebe kein Wort von mir, bevor ich nicht tausendmal darüber nachgedacht habe.

In das winzige Raucherkabuff am Flughafen von Ljubljana passten gerade einmal fünf Personen, sodass ich darauf warten musste, dass jemand herauskäme, damit ich mich hineinzwängen und vor dem Abflug meine Zigarette genießen könnte.
Ich ging ans Ende des kleinen Flughafens zu der gläsernen Grenzkontrolle, die von einem Polizisten bewacht wurde. Dahinter lag ein winziger Raucherraum, in dem sich nur ein einziger Mann befand. Da fühlte ich mich zu der Frage ermutigt, ob ich wohl vor meinem Abflug eine Zigarette dort rauchen dürfe. Die Ablehnung kam prompt. Sie wurde damit begründet, dass dieser Raucherraum Menschen vorbehalten sei, die, weil sie eine Straftat begangen hätten oder ihnen Papiere fehlten, abgeschoben würden. Meine Sucht und ein Jucken infolge von Nikotinmangel ließen mich meine Bitte jedoch noch einmal wiederholen. Da schaute der Mann mich von oben bis unten an und starrte dann auf meinen dichten Bart,

den ich dieses Mal nicht wie üblich vor meinem Aufbruch zum Flughafen gestutzt hatte.

Der Polizist öffnete breit lächelnd die Glastür und flüsterte, mein Bart gewähre mir Privilegien, die kein anderer der rasierten Reisenden erhalte.
Ich zog mich gemeinsam mit dem kurz vor seiner Abschiebung stehenden Mann in das Kabuff zurück, und mit einem breiten Grinsen im Gesicht rauchte ich meine dünne Zigarette und schaute auf die blonden, nahezu bartlosen Europäer, die noch immer darauf warteten, dass einer der Raucher den anderen Raucherraum verließ ...

Ja, vielleicht beneidet ein karger Boden einen anderen um seinen dichten Pflanzenwuchs, aber er würde ihn noch mehr beneiden, wenn er eine Zigarette rauchen wollte und wenn diese ihm verweigert würde, weil er klein aussehe und nicht an die Position von bärtigen erwachsenen Männern heranreiche, die dazu verurteilt sind, nach der letzten Zigarette abgeschoben zu werden.

Traurig über diese Welt und froh, ein Teil von ihr zu sein

Wikipedias Haus gehört mir

Genauso wie ihr klopfe auch ich täglich an die Tür von Wikipedia, wo mich die Alte wie jeden vorbeikommenden Gast immer wieder von Neuem mit den Worten begrüßt: »Das Innere des Hauses gehört dir und die Schwelle uns.« Ich folge ihr lächelnd und tue so, als hätte ich ihre Worte nicht gehört, wie jeder Gast, den der warme Empfang verlegen macht. Ich sage der Alten schnell, was ich brauche, damit sie losgeht, um diese Informationen zu holen, und sie vor mir auf dem Tisch ausbreitet, der direkt im Inneren des Hauses steht.

Wikipedia erinnert mich an meine Großmutter, Gott hab sie selig. Sie hat alles und schämt sich nicht, das zu betonen. Sie spricht nicht direkt mit mir, sondern lässt mich mit den Dingen auf dem Tisch allein, während sie mit sich selbst redet. In der ihr eigenen Art weist sie auf das Vorhandene wie das Nichtvorhandene hin, selbst wenn es sich um leere Links handelt oder um eingestaubte Glasbehälter mit Aufklebern, auf denen in verschiedenen Sprachen steht, was sie einmal enthielten oder bald enthalten würden.

Ich habe mich daran gewöhnt, Wikipedia nicht spät in der Nacht zu befragen und nicht ohne Onkel Google vorher um Erlaubnis zu bitten. Er sitzt immer in der Nähe der Eingangstür, nur einen Steinwurf entfernt, und wenn er nicht auf die Tür der Alten zeigt, mache ich mich wieder auf den Weg. Doch das ist noch nicht so oft passiert.

Einmal öffnete ich die Tür, ohne Erlaubnis einzuholen oder mich durch ein Räuspern anzumelden. Da hatte ich ja etwas angestellt! Wikipedia saß auf einem Stuhl und träumte wohl gerade von den längst vergangenen

Tagen ihrer Jugend. Das Geräusch meiner Schritte im Hausflur weckte sie auf. Sie bekam nicht gleich mit, dass ich es war, zog mich am Ohr und ließ einen Schwarm verletzender Wörter auf mich niederprasseln, mit denen sie meine schlechte Erziehung tadelte. Seither klopfe ich an und trete zögernd ein, immer in der Annahme, sie könnte müde sein vom Aufräumen der Regale und Links und von der ständigen Kontrolle, die sie wie jede rührige Alte durchführt. Täglich macht sie ihre Runde, um sich zu vergewissern, dass auf den Regalen nur das liegt, was auch wirklich dorthin gehört, und um schwerwiegende Fehler zu vermeiden, die den Zorn derer hervorrufen könnten, die so wie ich täglich von Neuem an ihre Tür klopfen.

Weil wir uns nun schon so lange kennen – mein peinlicher Auftritt ist längst vergessen –, hat sie mir schon mehrfach angeboten, mir eines der Glasgefäße mit meinem Namen zu widmen, aber ich habe das verlegen abgelehnt. Ich bin doch nur ein flüchtiger Besucher, auch wenn ich jeden Tag vorbeikomme. Außerdem besitze ich meine eigenen Gläser und muss der rastlosen Alten nicht auch noch zur Last fallen. Zudem will ich meine privaten Informationen nicht veröffentlichen – ich befürchte nämlich, eines Tages wird jemand bei mir anklopfen und es wird sich nichts finden, was ich vor ihm auf dem Tisch ausbreiten könnte und ihn zufriedenstellen würde.

Habe ich gesagt »genauso wie ihr«? Ich entschuldige mich dafür, nicht genauso wie ihr.

Seit einiger Zeit ist Wikipedia in Bedrängnis, und so schickte mir ihre Dienerin und Geheimnisbewahrerin Katherine Maher eine E-Mail. Sie teilte mir mit, ich sei weiterhin herzlich willkommen, die »Alte« müsse jedoch einige Stellen im weiträumigen Haus renovieren. Sie erinnerte mich daran, dass sie allein war und keinen hatte, der sie unterstützte. Sie hatte nur das, was ihr die Besucher nach jedem Besuch oder jeder Beratungssitzung gaben, und würde sich freuen, wenn ich einen kleinen Beitrag leisten könnte, um mich für meine unzähligen Besuche zu revanchieren, die mich nie enttäuscht hatten.

Ich zögerte nicht lange, füllte die entsprechenden Formulare aus und unterschrieb die notwendigen Papiere, um 2 Euro auf ihr Konto zu überweisen. Ich trage eine gewisse Verantwortung für Wikipedia und bin jemand, der seinen Verantwortungen nachkommt, wie jeder, der nicht »genauso wie ihr« ist, auch wenn ich ein Flüchtling bin, der vielen anderen Flüchtlingen ähnelt.

Ich machte also tatsächlich diese Überweisung und fügte ihr eine Karte bei, auf der stand: »Nimm dieses Geschenk von mir an; ich werde ihm weitere folgen lassen, wenn ich genug Geld habe. Dein neugieriger und treuer Sohn Hamed.«

In dieser Nacht schlief ich sehr zufrieden ein, wusste ich doch, dass das Haus der Alten wie bisher geöffnet bleiben würde. Es bestand kein Zweifel daran, dass der Betrag, den ich überwiesen hatte, den Ausschlag geben und das Problem der alten »Wiki« verkleinern würde. Ich war mir auch sicher, dass mich die anderen Besucher in ihre Gebete einschließen würden.

Ich gehörte nun zu denen, die ihr nahe waren und sie »Tante Wiki« nannten. Ich sage das, damit ihr wisst, dass ich nicht »genauso wie ihr« bin.

Ich gehöre nämlich jetzt »zur Familie«, wie man so schön sagt. Seither öffnet sie mir die Tür und wirft mir alle Sachen, Links und Geschichten entgegen, die ich brauche. Ich klemme sie mir unter den Arm und lasse mich wie jeder Hausbesitzer gemütlich auf der Schwelle nieder. Während ich lese, schaue ich zu Onkel Google hinüber, der einige Gäste zum Eintreten und einige andere zum Weitergehen auffordert, weil das, was sie suchen, gerade nicht vorhanden ist.

Ich werde meine Leiche den Studenten zur Verfügung stellen
nur um ihnen auf dem Seziertisch ein paar Wahrheiten zu hinterlassen
die sie entdecken sollen
aufgehäuft auf dem Tisch aus Edelstahl
nachdem sie mich in einem schwarzen Sack
                              zum Müllcontainer getragen haben

Meine angezogene Geschichte

Mein Freund hat mich aufgefordert, einen erotischen Text über den Körper mit allen seinen Einzelheiten zu schreiben. Anschließend sollte ich mich dem weiblichen Körper zuwenden, um seine Geheimnisse zu ergründen und all das, was sich mir offenbaren würde, wenn ich mit ihm auf dem Papier allein wäre. Es war klar, dass mich ein solcher Vorschlag verwirren musste. Ich habe noch nie über meinen oder irgendeinen anderen Körper geschrieben. In meinen Geschichten finden sich gerade mal ein Kuss hier und da oder ein paar Worte wie »Ich liebe dich«.

Das hat seine Wurzeln in meiner Persönlichkeit, die ich gerade erst nach und nach entdecke. Ich möchte aber nicht nur Entdeckungen machen, wenn ich vor solch einer Herausforderung oder Prüfung stehe. Viel lieber noch möchte ich diese Wurzeln entflechten und ordnen und ihnen eine vertraute, klare Form geben oder sie zumindest in ihrer Vielschichtigkeit verständlich machen.

Ich muss dir etwas sagen: Ich besitze nur drei Fotos aus meiner Kindheit. Meine Familie war entweder zu beschäftigt, um unsere Kindheit zu dokumentieren, oder aber sie musste die vielen Fotos, die sie vielleicht besessen hatte, zurücklassen, als wir beim Ausbruch des Bürgerkriegs aus Algerien weggingen.

Ich habe nie danach gefragt, ob es Fotoalben aus unserer Kindheit gab. Es war besser, die Antwort nicht zu kennen. Das ersparte mir die Scham, die ich verspürt hätte, wenn meine Freunde und Verwandten Bilder von mir betrachtet hätten, auf denen ich nackt in der Badewanne saß oder vor meiner Mutter weglief, die mich gerade anziehen wollte. Doch leider wurde mir damit auch die befreiende Wirkung »erspart«, die Scham haben kann.

Auf einem dieser drei Fotos bin ich mit meinen beiden Brüdern während eines unserer Feste zu sehen. Wir tragen gleichfarbige Jeansanzüge und es scheint, als hätte das Fest in dem besonders guten Schnäppchen meines Vaters bestanden, welches uns diese alberne Erinnerung an die Kindheit bescherte. Wir sehen einander so ähnlich, dass es dem Betrachter schwerfällt, uns zu unterscheiden – wie eine Gruppe strebsamer Schüler, die am liebsten in ihrer Einheitskleidung auftraten.

Es schien die selbstverständlichste Sache der Welt zu sein, dass ich in der Türkei im Anzug zur Arbeit ging, auf der Flucht Jeans trug, aber schwarze Shorts anzog, wenn ich das Flüchtlingslager verließ und nicht gerade einen offiziellen Termin wahrnehmen musste.

Überall, wo wir hinkommen, erinnert uns etwas an andere Orte, an denen wir gewesen sind. Ich war lange unterwegs und habe viel erlebt. Nun bin ich im Burgenland, wo mich immer wieder Erinnerungen an früher einholen. Angesichts der stereotypen Gewohnheiten, die in mir Wurzeln schlugen, als ich ein Mann wurde, kannst du dir sicher vorstellen, dass ich trotz der relativ großen Hitze im Sommer nicht in Shorts zu meinem Freund gehen kann, einem Mann in den Sechzigern, der früher ein angesehener Richter war. Genauso wenig kann ich in Shorts an meiner rührigen Nachbarin vorbeilaufen, einer Lehrerin, ebenfalls um die sechzig, die ihren Tag nach den Gepflogenheiten und Verhaltensregeln ihrer Kultur plant.

Ich bin zwar jetzt ein Mann, doch was meinen Umgang mit Älteren angeht, habe ich nur gelernt, ihnen zuzuhören. So war ich es in Syrien gewohnt. Die älteren Älteren bringen den jüngeren Älteren etwas bei, bis deren Zeit gekommen ist und sie selbst ganz oben in der Nahrungskette stehen. Dann sind sie es, die reden und den nach ihnen kommenden Jüngeren etwas beibringen.

Beim Zuhören musst du immer nicken, ohne einen Einwand zu äußern oder der Weisheit der Alten etwas hinzuzufügen, von dem du meinst, es in deinem eigenen kurzen Leben bereits erprobt zu haben. Wenn du schon unbedingt etwas sagen willst, musst du dir jemanden suchen, der jünger ist als du ...

Das ist ein großes Problem! Dafür ist vielleicht auch folgendes Ereignis verantwortlich: Eines Tages saßen wir, wie in Syrien üblich, vor der Bäckerei meines Vaters, grüßten die Vorbeigehenden und empfingen Kunden und Besucher. Da wandte sich mein Vater mir zu und sagte, natürlich ohne Widerspruch zu erwarten: »Du bist jetzt ein Mann und es gehört sich nicht mehr, im Beisein von Erwachsenen kurze Hosen zu tragen. Ab heute ziehst du besser lange an.« Das war wohl seine Art, mir mitzuteilen, dass ich jetzt zu den Männern gehörte und es einige Dinge gab, die mich von Kindern unterschieden und mir nun nicht mehr erlaubt waren.

Es ist also nur verständlich, dass ich nicht über den Körper schreibe. Beim Schreiben nämlich habe ich das Gefühl, mit Erwachsenen zusammenzusitzen. Schreiben und Lesen sind wie ein offizieller Termin, zu dem man keine Shorts anzieht. Hätte mein Vater damals nichts gesagt, wäre vielleicht mein ganzes Leben anders verlaufen.

Doch keine Sorge ...

Ich weiß, dass jeder seines eigenen Glückes Schmied ist. Von Zeit zu Zeit zieht man Bilanz, überdenkt die Ratschläge der Familie, die Sitten und Gebräuche, selbst die Kleidung im Schrank. Eines Tages öffnest du alle Schränke und entscheidest, was noch zu gebrauchen ist und was nicht. Vielleicht schiebst du sogar alle Vorbehalte beiseite und fragst deinen angesehenen Freund in den Sechzigern: »Kann ich bei unserem nächsten Treffen in Shorts und Sportschuhen kommen? Wäre das für dich in Ordnung?«

Selbstverständlich wird er dir erlauben zu tun, was du willst. Schließlich seist du doch im 21. Jahrhundert und außerdem in Österreich, nicht mehr in Syrien. Er wird es dir erlauben, auch wenn er vielleicht einräumen wird, dass er mit seiner strengen katholischen Erziehung zur alten Generation gehöre und ihn sein Erbe in den Schränken voller Sitten und Gebräuche daran hindere, Shorts zu tragen. Vielleicht entschuldigt er das aber auch mit seinen dürren, nicht sonderlich schönen Beinen.

Es kann auch sein, dass du sogar noch weiter gehst und die noch etwas kürzeren Hosen anziehst, die gerade modern sind, weil du doch für Veränderungen offen bist und deine Scham durch eine Form bekämpfen willst, die zu deiner großen inneren Revolution passt.

Hast du bemerkt, dass du hier deinem Freund, der um die sechzig ist, Fragen stellen und ihn um Rat bitten kannst? Dass er dir zuhören wird, wenn du ihm von den Erfahrungen erzählst, die du in deinem kurzen Leben gemacht hast?

Hast du bemerkt, dass die Nahrungskette hier horizontal verläuft und nicht vertikal? Dass du deine älteren Freunde mit dem Vornamen anreden kannst, ohne »Onkel« voranzustellen oder sie mit dem Titel »Abu« (Vater von …) und dem Namen des ältesten Sohnes zu bezeichnen, wie du es für kurze Zeit gewohnt warst, bevor du dein Land verlassen hast?

Alle guten Dinge beginnen damit, dass man die Schränke ausräumt und die Sachen neu sortiert. Aber wir wollen es nicht übertreiben und das plötzliche Sortieren zum Anlass nehmen, nackt schwimmen zu gehen. Hier schließt sich das kleine Fenster zur Kindheit: Deine Mutter kann den Leuten jetzt nicht mehr lächelnd erklären, du seist noch klein und unschuldig und dürftest so etwas tun.

Hast du schon vergessen, was mein Vater über die Shorts gesagt hat? Dass man keine tragen darf, wenn man mit Erwachsenen zusammensitzt? Und nun stell dir vor, was er sagen würde, wenn die Shorts bei all diesen Erwachsenen plötzlich völlig verschwänden!

Natürlich glaube ich an das Gesetz der Erdanziehungskraft. Alles, was hinaufsteigt, fällt irgendwann wieder herunter. Die Blätter fallen auf Grund ihres Gewichts von den Bäumen, sobald sie sich von den Ästen gelöst haben. Aber ich glaube, dass die Blätter auch immer dann herunterfallen, wenn jemand nackt vorbeiläuft. Sie wollen ihm zu verstehen geben: »Bedecke dich und bring dich und andere nicht in Verlegenheit mit diesen herunterhängenden Dingen, auch wenn sie eine noch so große Anziehungskraft haben!«

Das bringt mich auf eine andere Geschichte. Eines Nachts musste ich auf dem Flur unserer WG Wache stehen, und zwar so unauffällig wie möglich. Deshalb lief mir innerlich der Schweiß herunter, denn ich hatte Angst, jemand könnte aus einem der anderen Zimmer kommen und meine Freundin sehen, die völlig unbekümmert auf Zehenspitzen zur Toilette lief. Ihr Hinterteil war von ihrem Hemd zu weniger als einem Drittel bedeckt, so als wäre der Flur plötzlich ein FKK-Strand, den mein Vater, wie wir nun wissen, nicht gutheißen konnte, weil er für ihn eine rote Linie zwischen Kindern und Erwachsenen darstellte ...

Stecken wir also diese Nacht in den Schrank mit den ungewöhnlichen Dingen und tun so, als wäre nichts geschehen.

Ich möchte hier keinem zu nahe treten. Jeder hat seine eigene Geschichte und seine eigenen Traditionen. Aber ich denke auch, dass jeder seine Schränke selbst aufräumt. Einige dieser Schränke erfordern besondere Sorgfalt, damit man nicht eines Tages jemanden vor den Kopf stößt. Und so fallen die Blätter von den Bäumen, um zu sagen: »Bedecke dich und bringe dich selbst nicht in Verlegenheit. Dieses Leben ist ein offizieller Termin: Es lässt nur eine begrenzte Menge an kindlicher Spontaneität zu ...«

Ich kann dich hassen, während ich eine Orange schäle
ganz einfach so, während ich auf dem Rücken dieses wilden Lebens sitze
wie beim Rodeo
als würde ich mich problemlos daran erinnern, wo deine Muttermale sind
obwohl du so viele hast

Ich kann deinen Namen mehrmals täglich aussprechen
ohne dass die Sonne an meine Wohnungstür klopft
Und ein Glas Milch trinken und früh schlafen gehen
ohne auf deinen Brief zu warten
der vom geliebten Duft der Eifersucht getränkt ist

Ich kann dich hassen
ganz einfach
während ich eine Orange schäle und mir dabei einen Finger verletze
Ohne mich um das Blut zu kümmern, das sauer wurde, als sich die Chemie
unserer beider Körper verwandelte und wir dort als Dampf aufstiegen
und am falschen Ort wieder herabsanken

Das ansteckende Fluchtgen

Du wirst mir doch sicher zustimmen, dass Flucht ein Gen ist, das von einer Familiengeneration zur nächsten weitergegeben wird, so wie andere Unterscheidungsmerkmale auch – braune Augen, ein Muttermal auf der Taille oder das Jahr der Flucht in den Stirnfalten. Wenn dieses Gen erst einmal im Stammbaum vorkommt, dann ist es wahrscheinlicher, es weiterzugeben, als Rheuma zu bekommen, Diabetes oder eine Glatze oder selbst Brustkrebs, von dem ich früher nur in ausländischen Filmen gehört habe. Wenn dir die Flucht vorherbestimmt ist, wird sie so sicher stattfinden, wie du Steuern zahlen musst oder dich verlieben wirst.

Sieh dir nur meine Familie an – sie ist das beste Beispiel dafür! Der älteste und der jüngste Sohn verlieren ihr Haar, weil wir nach unseren dünn behaarten Onkeln kommen. Der mittlere Sohn hingegen hat das große Los gezogen und die dichten Haare unseres Vaters geerbt. Gleichzeitig sind meine Brüder und ich jedoch alle schlicht und einfach Flüchtlinge, weil unsere Mutter eine palästinensische Flüchtlingsfrau ist. Von ihr haben wir erfahren, dass die Flucht ein Merkmal darstellt, das ganzen Generationen auf den Rücken gebrannt ist – selbst nach 70 Jahren noch.

Ich weiß nicht, ob die arabische oder deutsche oder irgendeine andere Sprache dieses Bild zulässt, aber vielleicht legte das Sperma, das sich in der Gebärmutter meiner Mutter einnistete, den Grundstein für unser Schicksal als Flüchtlinge. Allerdings würde es in all den späteren Flüchtlingslagern nie wieder eine solche Wärme und Zärtlichkeit geben, wie dieses erste Lager sie uns gewährte.

Da du mir zustimmst, sollst du auch Folgendes wissen: Mein Glaube daran, das Fluchtgen in mir zu tragen, ist im Moment meine absolute Wahrheit, an der ich mich wohl für eine lange Zeit festhalten werde. Aber nicht das ist jetzt wichtig. Wichtig ist etwas anderes, das ich dir erklären muss und möchte: Es besteht ein großer Unterschied zwischen jenen, die bereits unter Flüchtlingen gelebt haben, und jenen, die nie mit Flüchtlingen in Berührung gekommen waren und deshalb völlig unvorbereitet mit ihrer eigenen Flucht konfrontiert wurden, ohne auch nur die geringste Vorstellung davon, wie man die Katastrophe erträglicher machen kann.

Dieses Thema ist auch für dich wichtig! Stell dir vor, du wärst jetzt plötzlich ein Flüchtling. In all deiner Verwirrung würdest du wie ein Blinder die Details deines Gesichts und deines Körpers erfühlen, um zu verstehen, was so unangekündigt über dich hereingebrochen ist. Es kann auch sein, dass du noch nie von diesem Gen und seinen Trägern gehört hast, aber zufällig mit Flüchtlingen zusammenlebst. In diesem Fall musst du jederzeit darauf gefasst sein, in die Klauen des bösartigen Gens zu geraten. Lass dir deshalb gesagt sein, dass die Flucht eine Veränderung wie jede andere ist und sich eigentlich nicht sehr von einer geringfügigen Temperaturänderung oder einer beeindruckenden Sonnenfinsternis unterscheidet. Es ist auf jeden Fall besser, auf derartige Ereignisse vorbereitet zu sein und ihre Parameter und Folgen zu kennen.

Solltest du auch nur einen Moment lang geglaubt haben, dass die Leute im Westen sich vor den Flüchtenden aus dem Orient fürchten, weil sie eine Grundsicherung oder Integrationsbeihilfen erhalten, bis sie sich in die Gesellschaft eingegliedert haben, oder weil sie Wohnungskrisen verursachen, dann hast du dich ganz gewaltig geirrt. Sie fürchten sich vor den unbekannten Neuankömmlingen aus einer anderen Kultur auch nicht deswegen, weil sie im Zusammenleben mit den Einheimischen psychische Konflikte auslösen.

In Wirklichkeit fürchten sich die Leute im Westen ganz einfach davor, dass das Fluchtgen in ihre Gesellschaft eindringt, sich in ihr ausbreitet und die Einheimischen negativ beeinflusst. Dann würde selbst tausendfache Integration nicht mehr kitten, was zerbrach.

Wirst du mir immer noch zustimmen, wenn ich dir erkläre, was ausgehend von meiner momentanen Wahrheit Islamisierung bedeutet? Sie bedeutet, dass sich die Einheimischen daran gewöhnen werden, mit den Händen zu essen, und dass sie hassen werden, was sie jetzt noch mögen.

Islamisierung bedeutet, dass sich die Menschen im Westen daran gewöhnen werden, Frauen in der Bahn oder im Bus einen Sitzplatz anzubieten, und dass sie Gleichberechtigung und Feminismus vergessen oder das Wort »inschallah« in ihren Wortschatz und ihre Terminkalender aufnehmen werden. Dann wird es keine genauen Termine mehr geben und Einladungen und Treffen werden einfach stattfinden, ohne dass Pünktlichkeit eine Rolle spielt.

Europa hat jedoch nicht nur vor der Islamisierung Angst. Es fürchtet auch die Arabisierung der Sitten und Gebräuche. Die Glaubensfreiheit gehört zu den europäischen Grundfesten, doch die Freiheit der Arabisierung ist eine rote Linie, die noch nicht überschritten wurde.

Die Brüder meiner Mutter, Flüchtlinge wie sie, hatten in Syrien kein Recht auf Besitz, deshalb mussten sie alles auf die Namen ihrer syrischen Ehefrauen registrieren lassen. Kannst du dir vorstellen, was es für die Kinder meiner Onkel bedeutete, als sie erfuhren, dass alles, was die Familie besaß, ihren Müttern gehörte, während ihre palästinensischen Väter noch nicht einmal das Auto besitzen durften, auf das sie so lange gespart hatten?

Wenn ich manchmal im Zimmer meines Bruders schlief oder seine Sachen benutzte, rief er oft mit lauter Stimme: »Steh auf, Sohn einer Flüchtlingsfrau!« Das war witzig gemeint, doch für uns verbarg sich darin eine ernste Wahrheit.

Kannst du dir vorstellen, wie überrascht diejenigen reagierten, die nie in ihrem Leben in einem der palästinensischen Flüchtlingslager in Syrien waren, als das Flüchtlingsschicksal an ihre Tür klopfte? Nie hätten sie gedacht, über Nacht das Schicksal ihrer Nachbarn teilen zu müssen, von denen sie nichts Nützliches für ihre zukünftige Reise gelernt hatten.

Für mich jedoch war das keine Überraschung, und ich wunderte mich nicht, dass unsere Taschen bereits gepackt waren, so als hätte unsere Mutter gerade aufgeräumt. Wir mussten nur noch die Tür abschließen, dem Hausbesitzer die Schlüssel übergeben und dorthin gehen, von wo es keine Rückkehr gab.

Wir, die Träger dieses Gens, waren in gewisser Weise etwas Besonderes. Eine unserer Eigenschaften bestand darin, eine Veränderung schon zu erkennen und uns auf sie einzustellen, bevor sie überhaupt eintrat, und dabei mussten wir uns noch nicht einmal besonders anstrengen.

Jedes Mal, wenn ich etwas im Gebrauchtwarengeschäft kaufe, stelle ich mir dieselben schwierigen Fragen:

»Welche Gene hatte wohl sein früherer Besitzer? Hat er je in einem Flüchtlingslager oder in einem Zelt geschlafen, mit dem Fluch der Gewöhnung auf der Seele, immer wieder aufbrechen und fortgehen zu müssen? Ist er dann aufgewacht und war stundenlang unterwegs, bis er hungrig wurde und – gewöhnt an diesen Fluch – seine Sachen verkaufte, um seinen Weg fortsetzen zu können?

Hat ihm seine Mutter gesagt, dass er bei seiner Geburt ganz grüne Augen hatte, sie aber nach einer Woche so dunkel wurden wie die Landkarte seiner Zukunft, in der das Fluchtgen immer die Oberhand haben und Seele und Körper beherrschen würde?

Hat man ihn je nach seinem Ausweis gefragt und er zählte dann alle Identitäten auf, die er nicht besaß, all die Dinge, die er hasste, und all die

Schicksalsschläge, die er zu vermeiden suchte, und konnte sich als nichts anderes ausweisen als eine wandernde Nummer in den Registern der Asylbehörde?«

Das war wohl der Grund, warum ich meine alten Sachen nie an Gebrauchtwarengeschäfte verkaufen wollte. Ich wusste, dass mit den Sachen die Geschichten ihrer Besitzer verbunden waren und sie deren Gene in sich aufnahmen. Man konnte sich ganz einfach am Mantel eines Flüchtlings anstecken, in dem er die Grenze überquert hatte und der getränkt war von Regen und Leid und von dem Elixier, das einen immer wieder zum Aufbruch trieb.

Ich weiß, dass Frauen versuchen, während der Schwangerschaft keinen Alkohol zu trinken, nicht zu rauchen, nichts Schädliches zu essen und Ärger zu vermeiden. Ich weiß auch, dass sie nach der Überlieferung die Nabelschnur an einem besonderen Platz, etwa neben einer Moschee oder einer Universität, oder unter der Schwelle des Hauses eines reichen Mannes im Heimatland, vergraben sollten, damit das Neugeborene nie die Verbindung zu seiner Heimat verliert und ihm eine ähnliche Zukunft beschieden ist wie den Besitzern dieser schönen Häuser. Doch all das wird nicht verhindern, dass sie das Fluchtgen weitervererben. Wenn dann ein Krieg ausbricht, räumen sie das Haus auf, geben die Schlüssel ab und gehen weit fort. Und sie versuchen, auf einer dunklen Landkarte einen Weg zu finden.

Wir werden zurückkehren
vielleicht nach Jahren des Exils und eines Flüchtlingslebens
wir werden Reisepässe haben und blaue Augen, an die wir uns noch nicht
gewöhnt haben
und verschiedene Arten des Lächelns und unterschiedliche ausländische
Staatsangehörigkeiten
und an der Schwelle zu unserem Land Syrien werden wir alles ablegen
Im Namen des Vaters, der uns ins Exil schickte, damit wir nicht sterben
Im Namen der Mutter, die uns mit verwundeten Kehlen gebar
Wir werden zurückkehren
Wie ein Kind, das die teuren Geschenke der Fremden fortwarf
und stattdessen wieder mit dem Lehm
                              am Ufer eines Baches spielt

Die wahren Verteidiger der Städte

Gewiss, Damaskus ähnelt nicht Aleppo, und Deir al-Zor unterscheidet sich von beiden; auch strahlt es nicht wie sie. Früher gestand ich mir das nicht ein, denn ich wollte nicht, dass eine Frau bemerkt, dass ich mir in all diesen Städten nicht gleiche. Nun aber pendele ich von einer Stadt zu ihrer Schwester, zu ihrer Cousine, und stets bin ich ein anderer, je nachdem, wie es Straßen, Häuser, Spiegel und Bewohner der Stadt wollen.
Ich bin nicht der Einzige, der jeweils anders ist. Auch die Alkoholverkäufer werden mal weniger, mal mehr, je nach Laune einer jeden Stadt, je nach Erziehung und den Ratschlägen ihrer betagten Mütter.

Wenn deine Stimmung getrübt ist oder wenn dich die Verzweiflung gepackt hat, kannst du deine Hände waschen, bevor du weiterliest. In einer einigermaßen glaubwürdigen Zeitschrift las ich, dass das Waschen der Hände die Laune hebe und die Psyche stärke, sogar bei Menschen, die kurz vor dem Selbstmord stehen. Stell dir mal vor, wie viele Menschen dem Tod hätten entkommen können, hätten sie sich nur die Hände gewaschen!
Wäre das Wasser in Damaskus, in Aleppo, in Deir al-Zor oder in der Ghouta nicht abgedreht gewesen, wären – trotz der Chemiewaffenangriffe – viele Syrer noch am Leben.
Stell dir vor, der Diktator hätte sich die Hände gewaschen, bevor er den Befehl zum Angriff gab! Ein Diktator aber wäscht sich nicht die Hände.
Das ist eine Tatsache, die jene bezeugten, die Hitler in seinem Bunker mit schmutzigen Händen und Überresten von dreckigem Schießpulver an den Schläfen vorfanden.
Lassen wir die von der Chemie getrübte Laune. Ich bin sicher, dass deine Hände sauber sind, und ich bin nicht »hier«, um dir zu erzählen, was »dort« passiert. Du weißt alles aus dem Fernsehen, vom Bürgermeister

und von der Partei, die in deinem Land die Medien kontrolliert. Darüber hinaus bist du beladen mit Erinnerungen. Du hast viele Städte durchquert, und du bist sicher, dass viele Städte dich durchquerten und noch durchqueren werden.

Ich komme zwar von weit her und aus einer anderen Kultur, aber ich weiß genauso gut wie du, wie man vor dem Überqueren der Straße nach links und rechts schaut. Und ich weiß, dass wir beide die Straße manchmal bei roter Ampel überqueren, weil keine Autos zu sehen sind. Ich weiß auch, dass es für alles ein Gegenteil gibt. Ich weiß genauso gut wie du, dass das Gegenteil von hell dunkel ist, das Gegenteil von satt hungrig und das Gegenteil von lebendig tot. Und ich weiß auch, dass mein Reisedokument das Gegenteil von deinem schönen Reisepass ist, aber ich habe nicht damit gerechnet, dass auch die Stadt ein Gegenteil hat. Zumindest habe ich nicht erwartet, dass ich den Widerspruch einmal selbst erleben werde, und zwar ganz unmittelbar.

Wenn du eine schwarze Burka siehst, stellst du dir einen weißen Bikini vor. Wenn du einen Türken mit adrettem Schnauzbart siehst, stellst du dir einen Europäer mit glänzendem Kinn vor. Und wenn du mich mit meinem schwarzen zerzausten Haar und meinen zerlumpten Kleidern siehst, stellst du dir Einstein mit seiner weißen hochstehenden Mähne vor. Oder vielleicht Napoleon Bonaparte auf seinem weißen Pferd.

Ich bin dein Gegenteil, laut Medien, Bürgermeister und Fernsehen.

Glaubst du nicht, dass ich nicht nur dein Gegenteil bin, sondern auch deine Vervollkommnung?

Ich frage dich, weil du unaufmerksam bist und dein Verstand sich mit dem beschäftigt, was du siehst. Warst du, als du in Amsterdam warst, mit deinen Gedanken etwa in Mekka oder im Vatikan?

Seit ich meine Stadt verließ, verfüge ich über übernatürliche Kräfte. Sie könnten gut im nächsten Sommer in einem Hollywoodfilm vorkommen, denn ich bin in der Lage, über jede beliebige Stadt zu sprechen, ohne sie besuchen oder einen Fuß in sie setzen zu müssen.

Ich bin ein Flüchtling, und ich kann mir das Flüchtlingsdasein überall vorstellen, in jedem Stadtviertel und auf jedem Berg. Soll ich dir von der Flüchtlingserfahrung in Barcelona erzählen?

Ich gehe auf Wikipedia, finde heraus, welche Sprache in der Stadt gesprochen wird und male mir meine Qualen bei ihrem Erlernen aus. Dann lese ich einen der dort berühmten Schriftsteller und stelle mir vor, wie ich im Umgang mit den Figuren der Geschichte einen Fehler begehe und wie sie mir beibringen, mich schnell zu integrieren. Es gleicht der Anleitung zur Gewichtsabnahme oder zum Erlernen der Gabe, andere in fünf Tagen von mir zu überzeugen, wie es die legendären Geheimagenten so meisterhaft beherrschten ...

Ich habe Mitleid mit jenen, die immer noch in ihrer Heimat leben. Sie gaben alles, was sie besaßen, um zu erfahren, wie andere Zivilisationen fühlen, wie andere Sprachen klingen, wie unterschiedlich der Pfeffer schmeckt, wie anders die Frauen gehen und wie sich das Lächeln und die Farbe von Schweiß und Arak unterscheiden.

Ich kann dich in jede Stadt mitnehmen, weil ich nicht in meine eigene Stadt gehen kann.

Ich will nicht angeben, um Gottes willen, aber du weißt, dass jede Stadt ihre Fans, ihre Besucher und sogar ihre Beschützer hat. Auf dem Platz vor der Nationalbibliothek in Wien zum Beispiel sitzen sich zwei Wächter hoch oben in den Sätteln ihrer Pferde einander gegenüber. Und in Syrien steht auf jedem Platz die Statue eines Landesverteidigers, doch der Schatten der Assad-Statue überdeckt alles. Genau wie bei Hitler, dessen Schatten die Helden überdeckte, sodass die Pferde wieherten und die Welt stillschwieg.

Aber was nützen die Verteidiger, wenn es nicht in ihrer Macht steht, etwas zu tun? Wenn sie nichts bewegen können? Es gibt Millionen Verteidiger der Humanität, doch sie stirbt, und der Schatten des Todes saugt ihre Unschuld auf und löscht ihre Glut.

Die wahren Verteidiger sind die Verliebten, sie bewahren die Menschlichkeit in ihrem lebendigen Gewissen, in ihren Erinnerungen oder ... oder sie töten zweihundertsechsundzwanzigtausend Zivilisten und Soldaten, um den Ort zu retten, an dem sie ihre bessere Hälfte küssten, ihre Liebhaberinnen oder Ehefrauen, wie die Legende es verlangt.

Henry L. Stimson, der amerikanische Verteidigungsminister, verbrachte seine Flitterwochen in Kyoto. Er trank Sakeschnaps und verneigte sich vor den Notabeln und den Bettlern, und ganz bestimmt lobte seine Frau die Schönheit seiner Augen, deren Farbe gut zu den Kirschblüten im Hintergrund passte.

Der eiserne Verteidiger Stimson, oder lass ihn uns »Samson« nennen, wie es diese Geschichte verlangt, strich den Namen seiner Lieblingsstadt aus der Liste der Städte, auf die die Atombombe fallen würde, und setzte an ihre Stelle den Namen Nagasaki.

Die Menschlichkeit in ihrer höchsten Ausformung ist die Rettung einer Stadt, die dir etwas bedeutet, selbst wenn es auf Kosten einer anderen Stadt geschieht, selbst wenn es auf Kosten aller Getränke der Welt geschieht, auf Kosten aller Kirschbäume der Welt.

Ich habe noch nie Flitterwochen in irgendeiner Stadt gemacht, aber ich frage mich, warum die Besuche von Präsidenten und Ministern aus aller Welt in meiner Stadt offizielle Besuche waren. Hat die Regierung sie beschworen, die Stadt nach dem Ende ihrer Mission und ihrer Besuche sogleich wieder zu verlassen? Keinen Moment allein in ihren Straßen und Vierteln zu verbringen? Vielleicht würden sie ja die Gastfreundschaft eines Laden- oder Straßenverkäufers genießen und dann meinen, dieser Stadt ein bisschen Sehnsucht und Zärtlichkeit zu schulden!

Warum rüttelte eine Frau ihren Mann nachts nicht wach und sagte zu ihm:

»Steh auf, mein Geliebter, unsere Stadt, in der wir Süßholzsaft tranken und aus der Hand des Verkäufers Damaszener Maulbeeren aßen, jene Stadt, in der die Statuen im Schatten der Statue stehen, in der es all diese Widersprüche gibt, all die Farben und all die Götter, jene Stadt wird bombardiert und verbrannt und gemordet. Steh auf, mein Lieber, unsere Stadt, in der du einst zu mir sagtest, du würdest dich für mich vom Kassjun-Berg stürzen, jene Stadt wird bombardiert.

Steh auf, lösche ihren Namen aus dem Heft des Todes und ersetze ihn durch die Namen aller Städte, in die wir noch nicht gereist sind, die wir noch nicht besucht und in denen wir noch niemals Flitterwochen verbracht haben.«

Ganz sicher ähneln manche Städte nicht den anderen, aber einige hinterlassen ein Jucken im Hirn. Sie wecken dich mitten in der Nacht und sagen:

»War diese Stadt meine Stadt oder war sie ihr Gegenteil?«

Ich weiß, dass das Thema dir unangenehm ist und dass du jetzt an deine Lieblingsstadt denkst und dass du versuchst, deine liebsten Erinnerungen an deine liebste Stadt zu retten ...

Wasch deine Hände ...

Wir sind jetzt stolz auf die Städte, in die wir uns geflüchtet haben, und wollen Rache nehmen an jenen, die sie schlechtmachen

Endlose Fremde

I Tiefgefrorenes Essen

Das Taxi hält gegenüber dem Busbahnhof. Einer der jungen Männer eilt darauf zu, sobald er die Frau auf dem Rücksitz erkannt hat. Er schiebt einen Karren vor sich her. Die Frau im schwarzen Dschilbab, die aus dem Taxi steigt, ist meine Mutter. Der Fahrer steigt ebenfalls aus, um den großen Karton aus dem Kofferraum zu heben. Er ist mit Klebeband umwickelt, sodass nichts herausfallen kann. Der junge Mann nimmt ihn entgegen und legt ihn auf den Karren, damit die alte Frau ihn nicht tragen muss, und steuert damit zum Bus, gefolgt von ihren Gebeten.

Am Bus, der von Deir al-Zor nach Aleppo fährt, geht meine Mutter zum Begleiter des Fahrers, der gerade die Taschen der Reisenden im Kofferraum verstaut. Er verspricht ihr, einen guten Platz für den Karton zu finden, damit er nicht unter dem Gewicht anderer Gepäckstücke zusammengedrückt wird. Sie hat ihm gesagt, dass sich in dem Karton tiefgefrorenes Essen für ihren Sohn befinde, der in Aleppo studiere.

Sie verabschiedet einige der Reisenden, die sie kennt, und geht noch einmal zum Busbegleiter, um ihm auf die Schulter zu klopfen und ihn nach der letzten Station zu fragen. Sie wolle ihren Sohn informieren, von wo er den Karton abholen könne. Die Reise werde fünf Stunden dauern; in dieser Zeit werde das tiefgefrorene Essen auftauen und deshalb müsse ich, ihr Sohn, es so schnell wie möglich in Empfang nehmen und in meinen Kühlschrank legen.

Meine Mutter hat sich daran gewöhnt, von dem Essen, das sie für meinen Vater und meine noch zu Hause wohnenden Brüder gekocht hat, den Anteil des Sohnes in der Fremde einzufrieren. Sie weiß, dass ich nicht kochen kann, und selbst wenn ich es könnte, würde sie nichts daran hindern, mir Essen zu schicken, um mir eine Freude zu bereiten.

Mein Vater neckt meine Mutter manchmal damit, den Rest vom Vortag essen zu wollen. Dabei möchte er nur von ihr hören, dass dieser nun im Kühlschrank lagert und ihrem Sohn in der Ferne gehört.

In Aleppo gehe ich unterdessen nach der Vorlesung nicht direkt zurück nach Hause. Erwartungsvoll schaue ich immer wieder auf meine Uhr und mache mich lächelnd auf den Weg, wenn es so weit ist. Ich versäume es jedoch nicht, vorher meinen Freunden mitzuteilen, dass sie zum Abendessen vorbeikommen sollten. Die Verpflegung für den nächsten Monat sei auf dem Weg und sie könnten heute eine Pause von ihrem üblichen Essen einlegen, das aus Eiern, Falafel, Makkaroni oder bestenfalls Fertiggerichten besteht. Manchmal nehme ich auch einen Freund mit, der mir beim Tragen des einen oder, wenn ich Glück habe, beider Kartons hilft.

Beim Auspacken entdecke ich eine Tüte in einer anderen Farbe als der Rest. Sie ist sehr sorgfältig eingepackt. Als ich sie öffne, finde ich darin eine Handvoll Münzen – Zehner, Fünfer und Fünfundzwanziger. Meine Mutter hat alles im Haus herumliegende Geld zusammengesucht und ihre und meines Vaters Hosen- und Jackentaschen geleert, um es mir mit dem Essen zu schicken. Sie wusste, wie sehr ich mich über dieses unerwartete Geschenk freuen würde.

Lange Zeit bedeutete »in der Fremde zu leben« für mich, in einer anderen Stadt zu studieren oder zu arbeiten, ohne jedoch das eigene Land zu verlassen. Der Versuch meiner Mutter, mich zu beköstigen, auch wenn ich nicht an ihrem Tisch saß, war eine liebevolle Geste. Sie erleichterte es mir, so weit weg von meiner Familie zu sein, bis ich sie wieder besuchen konnte.

Wenn ich mich heute daran erinnere, kommt mir das alles ziemlich kindisch vor. Und doch frage ich mich jedes Mal, wenn ich in Wien in den Briefkasten lange, ob ich dort vielleicht anstelle von Rechnungen und Einladungen eine Plastikdose mit Essen von meiner Mutter vorfinden würde, das die Reise überstanden hat, ohne zu verderben, und für das ich keinen

Zoll zahlen muss – Essen für mich, so weit von der Heimat entfernt, von meiner Mutter, die in eine andere Richtung gezogen war, ebenso weit von zu Hause entfernt, während unser Land uns beide aus der Ferne beobachtet.

Glücklicherweise hat meine Mutter, die nie in ihrem Leben ein Handy besessen hat, gelernt, mit WhatsApp umzugehen, um mir wenigstens ihre Stimme zu schicken ...

II *Gott ist der Beherrscher des Universums, aber dieses Geschäft gehört mir*

Man weiß etwas erst zu schätzen, wenn man es verloren hat. Ich schätze jetzt alles.

Wenn Gefahr droht, läuft man oft instinktiv zu dem Ort zurück, der einem vertraut ist und einem gehört. Ich weiß noch, wie die Rangeleien endeten, die wir als Kinder miterlebten: entweder damit, dass einer der Raufbolde weinte, oder mit seiner Flucht nach Hause oder in den Laden seines Vaters. Der Streit fand auch dann ein Ende, wenn die Tür unverschlossen blieb. Die Türen der Häuser und Geschäfte standen meistens offen, doch man wusste instinktiv, dass man seinem Gegner nicht ins Innere seines Reichs folgen konnte. Hier endeten der eigene Machtbereich und die Angst des Gegners.

Man konnte auch nicht einfach jemanden an einen Ort einladen, der einem nicht gehörte. Deshalb stellten die Ladenbesitzer als Ausdruck ihrer Gastfreundschaft – der vorgeblichen wie der echten – allerorts Stühle vor ihre Geschäfte. Damit wollten sie keine Kunden anlocken, sondern die Leute zum Teetrinken, Plaudern und Austauschen von Neuigkeiten einladen. Dort konnte man dann zusammensitzen, ohne jemanden in seiner Privatsphäre zu stören.

Ich erinnere mich daran, wie mein Vater an einem Tag während des Ramadan seinen Schreibtisch mitsamt Stühlen auf den Gehweg vors Geschäft hinausstellte, um den Rest des Abends an der belebten Straße, in Gesellschaft der Vorbeilaufenden zu verbringen. Es dauerte gar nicht lange, bis sich ein paar Menschen um ihn versammelten.

Am Euphrat gibt es Leute, die von früheren Generationen den Brauch übernommen haben, den Flussinseln ihren Namen oder den Namen ihrer Familie zu geben. Man sagt, dass jeder, der sie erreiche, dort in Sicherheit sei, ganz gleich, ob er vor einer Gefahr oder vor der Armut geflohen sei. Dort angekommen, nimmt man sich seiner an und stellt ihn unter Schutz, so wie es die arabische Gastfreundschaft gebietet. Andere Leute wiederum nehmen friedlich eine Straßenecke in Beschlag, die dann in gleicher Weise nach ihnen benannt wird. Sie kann auch dafür bekannt sein, dass eine bestimmte Gruppe junger Männer, die einen Ort für ihre Treffen braucht, an ihr zusammenkommt, oder weil die Nachbarn sie als Treffpunkt für Besucher ausgewählt haben, damit diese nicht bei ihnen klingeln müssen.

Wenn ich früher dachte, dass sich die Leute zugehörig fühlen wollen, so denke ich heute, dass sie eher Sicherheit suchen. Man weiß etwas erst zu schätzen, wenn man es verloren hat. Ich habe alles verloren.

Bevor ich aus Syrien weggegangen bin, war ich der Meinung, dass es normal sei, wenn Straßenecken jemandem »gehörten«. Doch dann stellte ich in anderen Ländern fest, dass die Polizei es den Leuten verbot, an Ecken herumzustehen und sie sich »anzueignen«. In wieder anderen Ländern war es einfach zu heiß, um auch nur auf die Idee zu kommen, an irgendwelchen Ecken herumzulungern. Und so gibt es dort keine Ecken und keinen, der deshalb traurig ist, und es gibt keine Sicherheit und keinen, der sich ihrer erfreut.

Wenn man Besitz und Heimat verliert, bleiben einem wenigstens die Namen, und deshalb waren sie das Erste, was die Flüchtenden mit sich nahmen, und das Erste, was sie weitergaben. In Aleppo gibt es ein Café für die Leute aus Deir al-Zor, in Griechenland eine »syrische« Straße, in Europa arabische Aufschriften, Organisationen und Gedichte. Ich glaube, dass auch dort die Menschen weniger nach Zugehörigkeit suchen als nach Sicherheit.

Uns hat schon damals nichts gehört, doch uns gehörten unsere Namen und Spitznamen, und das genügte.

Einer meiner Freunde aus früheren Zeiten hatte die Gewohnheit, Google Maps zu öffnen, ganz genau seinen Standort zu bestimmen und lachend auf ihn zu zeigen: »Schau, da bin ich!« Ich erinnerte mich an ihn und rief ihn vor ein paar Tagen an. Er bestätigte, dass er das immer noch tue, aber nun würde er nicht mehr mit dem Finger auf den Bildschirm tippen. Er wisse, dass dort keiner sei, nur leere Karten von Orten, denen er bestimmte Namen gegeben habe und die mit vielen Erinnerungen verbunden seien. Heute wartet er auf die Aktualisierung der Karten, die alle sechs Monate stattfindet, um sich Personen und Namen vorzustellen, die an ihren Ecken haften, selbst wenn sie sich unter Trümmern befinden.

Wichtig ist allein, dass das Universum Gott gehört und uns die Schwellen, auf denen wir aufwuchsen, und dass unsere Namen unsere letzte sichere Heimat sind.

Die verlorene Sicherheit

Ich weiß tief in meinem Inneren, dass ich ein Mensch bin, der zum Optimismus gezwungen ist. Kürzlich begriff ich jedoch, dass mein Optimismus nichts ist als eine Überzeugung, die mir das Unbewusste unterschiebt, das mich glauben lassen will, über die nötigen Kräfte zu verfügen, um diesem gemeinen Leben die Stirn zu bieten. Optimismus ist nichts als ein elementares Bedürfnis, das Spiel der Tage zu meistern, um vor dem Tod anzukommen, der gekrönt ist von Heiterkeit, Entspannung und Stille.

Du weißt, dass das Spiel hart ist, und wir müssen uns nichts vormachen und etwas anderes behaupten. Denn während der Schwierigkeitsgrad zunimmt und die Katastrophen den Druck in den Adern ansteigen lassen, nehmen auch die Erfahrungen zu und häufen sich die Neuerungen, die dir ermöglichen, diese Herausforderungen zu überwinden. Aber in einem flüchtigen Augenblick des Einhaltens wirst du an jene Dinge denken, derer du dich vor der Veränderung und dem letzten grundlegenden Wandel erfreut hast, und als Gegenreaktion wirst du deine Hand nach dem Gewohnten ausstrecken. Aber du weißt, dass das Gewohnte inzwischen der Vergangenheit angehört und dass du dich jetzt an andere Dinge und eine andere Phase und neue Methoden gewöhnen musst, die nicht so lange Bestand haben werden wie die vorangegangenen oder nachfolgenden Veränderungen.

Der Optimismus ist sozusagen das Opium dieser Phase.

Aber lassen wir das Opium und die Phasen beiseite und führen uns spontan einige Privilegien vor Augen, die du früher, bevor du hierher kamst, genossen hast. Das Bewusstsein über ihren Verlust hat dein Sein in ein achtsames und aufmerksames Wesen verwandelt.

Ich werde jetzt nicht über den Krieg sprechen, damit du nicht sagst, ich würde mit deinen leidenschaftlichen Emotionen spielen. Ich werde wie jeder Flüchtling, der ein Meister im Springen ist, den Krieg überspringen, aber weißt du, was schwieriger und schwerwiegender ist als der Krieg?

Dass du dir kein Glas Zucker von deinem Nachbarn leihen kannst. Weil du ihn nicht kennst oder weil der Individualismus ein elementarer Bestandteil der Gesellschaft ist, in der du bei deinem Sprung über den Krieg gelandet bist. Um genauer zu sein: Das Klopfen an die Tür deines Nachbarn bedeutet, dass du dir etwas von seiner Zeit ausleihst, aber er kann es nicht leiden, wenn du ihm zur Last fällst.

Lass uns dieses Gebäude verlassen, in dem du dir nicht einmal ein Glas Zucker leihen kannst. Du befindest dich jetzt auf der Straße und hast ein paar Groschen in der Tasche, die jedoch in Wirklichkeit nicht ausreichen, um irgendetwas zu kaufen. Und aus irgendeinem Grund – ich werde jetzt nicht sagen, wegen des Krieges – bist du nicht in deinem Land, in dem du es gewohnt warst, ohne Geld aus dem Haus zu gehen, weil du dir absolut sicher warst, dass du es nicht brauchen würdest. Die Packung Zigaretten holtest du vom Nachbarladen, wo du anschreiben ließest, und auch das Glas Tee im Café notierte der Chef auf deinen Namen in einem großen gelben Heft zusammen mit den Namen all derer, die ihr Portemonnaie zu Hause vergessen oder kein Geld dabei hatten, weil sie auf ihr Gehalt am Monatsende warteten.

Die großen Geschäfte geben dir nicht mehr die Sicherheit, die du früher verspürt hast. Billa, Spar, Lidl, Migros, alle bieten adrett ihre Waren feil, du aber musst dich zuerst einmal deiner Kreditkarte oder des Klimperns des Geldes in deiner Tasche versichern. Glaubst du etwa, die großen Geschäfte hier verfügten über die Moral deines Nachbarn, dem Besitzer des Tante-Emma-Ladens, der weiß, dass du deine Finger in deiner Hosentasche bewegst, in der sich keine Münzen oder auch nur die Spur ihres kalten Metalls befinden, und der deshalb sofort zu dir sagt: »Bezahlen kannst du später.«

Ich möchte dich hiermit darüber in Kenntnis setzen, dass die Bananen, die deine Mutter in ihrem Schlafzimmer versteckte, nicht gelb waren, wie du vermutest, sondern dass sie die Farbe hatten, die dein Verstand ihnen zugewiesen hat, weil sie so selten auf dem Tisch lagen. Gleichsam wie die Farbe des Goldes, das dir in den Geschichtsbüchern immer so blass vorgekommen war. Oder wie die Sonne, die du in der Grundschule als platte, gelbe, lächelnde Scheibe maltest, ohne zu wissen, dass sie eigentlich so weiß ist wie die Sicherheit, die du verloren hast und deren Farbe sich verändert hat, seit du dich immer mehr auf eine schwierige Zukunft vorbereitet hast.

Weißt du, dass das Bananenkaufen heute genauso selbstverständlich ist wie das Guten-Tag-Sagen? Einfach und bequem, nichts steht ihm im Weg und nichts muss vorher organisiert werden.

Wir werden den Krieg noch einmal überspringen.

Dein Vater sagt zu dir, dass die Lage in Syrien erträglich ist und dass du wirklich keine Angst um ihn haben musst. Denn auch er kann alles überspringen, um sich etwas von seinen Nachbarn und den Nachbarsläden oder von engen und entfernten Freunden zu leihen, um in aller Ruhe seinen Kopf auf sein Kissen zu betten. Er weiß, dass er sich bei Bedarf von jemandem etwas leihen kann, um die Schulden bei jemandem anderen zu begleichen. Auf diese Weise bleibt er länger im Bereich der weißen Sicherheit, der Sicherheit, über die sie hier reden. Aber sie haben kein gelbes Heft mit ihren Namen als Beweis ...

Ich möchte ein neues Leben
um dieselben Fehler in einer besseren Anordnung zu begehen

Die lesende Fliege

Ich gehöre nicht zu jenen, die unbekümmert und leichten Herzens das Buch, das sie gerade lesen, in der U-Bahn oder auf der Straße mit sich herumtragen, damit alle es sehen, und die dadurch ihre privatesten Dinge vor den Leuten ausbreiten.

So etwas führt weder zu einem Dialog noch zu konstruktiven oder destruktiven Diskussionen.

Wenn ich es täte, hätte ich das Gefühl, ein Stück meines Gehirns mit mir durch die Straßen zur Schau zu tragen und kleine Stücke davon hinter mir zu verstreuen, damit Fremde meine Reaktion auf die Geschichte sehen könnten, die ich gerade las. Sie würden mein fehlendes Mitgefühl mit den Helden sehen, die so wie ich einsam waren, oder mein Verlangen bemerken, den Verbrecher bereits nach der dritten Seite der Polizei zu melden.

Ich würde auch nicht wollen, dass die Vorbeigehenden die Überraschung auf meinem Gesicht bemerken, wenn ich die ungeplante Gedankenübertragung zwischen dem Autor und mir entdecke, der in meinem Leben herumgeschnüffelt und mich in seinem Buch abgebildet hat. Alle würden wissen, welche Person im Buch mir ähnelt und welche Schwächen wir gemein haben, und sie würden herausfinden, wie meine sich anhäufenden Niederlagen entstanden sind.

Die Leute in der U-Bahn oder auf dem Rasen im Park würden aus der Spiegelung der Seiten in meinen Augen erkennen, dass ich jede Seite mindestens zweimal lese und die Seiten nur sehr langsam umblättere, weil ich zwischen den Sätzen immer wieder mit meinen Gedanken abschweife. Sie würden mich von hinten erkennen, wenn ich ein Buch in den Händen halte, mir folgen, die Farbe meiner Haustür herausfinden und mich heimlich beobachten können, wie ich die Zigarettenschachtel hinter der großen Pflanze auf dem Fensterbrett im Erdgeschoss verstecke. Sie würden sehen, dass ich im dritten Stock wohne und nicht sonderlich gewandt die Treppen hochsteige. Ich würde keinesfalls wollen, dass die Leute sehen, wie mir dabei die Luft knapp wird – ein ausreichender Grund für einen Mann, der erst vor Kurzem durch die enge Tür der Jugend auf deren Gipfel angekommen ist!

Ich habe keine Angst vor Technologie, aber ich habe Angst davor, wie sie sich entwickelt. Wenn du mich beobachten würdest, könntest du sehen, dass ich keinen Augenblick zögere, meinen Namen in Facebook-Apps oder bei der Anmeldung auf irgendwelchen Websites anzugeben, und zwar aus dem einfachen Grund, dass er nichts weiter über mich verrät. Wenn ich hingegen ein Buch mit mir herumtrüge, könnten die Leute in meinem Gesicht lesen, während ich in den Text vertieft bin. Ebenso verrät mein Geburtsdatum nichts über die Schizophrenie, die mein Leben bestimmt zwischen dem Wunsch zu reden und der Pflicht, ebenso zuzuhören, wie es die neuen europäischen Standards eben verlangen.

An öffentlichen Plätzen Bücher zu lesen ist eine stumme Erklärung, die jedem ins Gesicht springt, dem man begegnet. Man sollte daran denken, dass man selbst wie ein aufgeschlagenes Buch ist, in dem ein jeder lesen und dann Schlussfolgerungen ziehen kann, die nichts mit den eigenen Absichten und Wünschen zu tun haben.

Seit ich in der Grundschule »Farm der Tiere« von George Orwell gelesen habe, weiß ich, dass Lesen – ein überwältigendes Vergnügen und großes Abenteuer – keinem verwehrt bleiben sollte, selbst einer Fliege nicht, die sich auf einem offenen Buch niederlässt. Es darf ihr nicht verwehrt sein, ihre Beinchen euphorisch von Wort zu Wort zu bewegen, als seien die Worte reiner Zucker, den es nirgendwo sonst auf der Welt gibt. In dem Moment, in dem sich diese Fliege auf das Buch setzt, sollte man jedoch seinen Blick von ihr abwenden, anstatt sie zu beobachten, und ihr genug Raum geben, selbst wenn er nicht größer ist als sie selbst. Dann kann sie so viele Gedanken aufnehmen, wie sie möchte, bevor sie weiterfliegt.

Ich weiß nicht genau, ob eine Fliege tatsächlich liest, aber ich werde sie auf keinen Fall in ihrer Ruhe stören, sie belauern und ihr ein- oder zweizelliges Gehirn punktieren. Ich werde nicht verstohlen versuchen herauszubekommen, was sie denkt und fühlt, nachdem sie sich auf den Tisch eines Menschen gesetzt hat, der mit seinem markanten Gesicht und seinem kräftigen Körper Hemingway ähnelt und soeben diese Worte in sein Tagebuch geschrieben hat:

»Ich bin nicht mehr mutig, meine Liebe, ich bin vollkommen zerbrochen, sie haben mich zerbrochen. Wir bauen diese Welt auf und sie bricht zusammen, dann bauen wir sie von Neuem auf und dann brechen wir zusammen ...!«

Lass die Fliege lesen, was sie will. Lass sie weiterfliegen, ihre Welt aufbauen und zusammenbrechen, wenn ihr das vorbestimmt ist, ohne sie zu fotografieren und zu analysieren und im Nationalmuseum mit einer Kurzinformation zu ihrer Zugehörigkeit und ihrer nationalen Kennziffer neben folgender Erklärung auszustellen: »Sie liebte es, in einem Zimmer bei 32 Grad Celsius nackt zu lesen und dabei mit den Flügeln zu flattern.«

In der nahen Zukunft wird die Welt zwar nicht aufhören zu schreiben und zu lesen, aber der Unterschied wird sein, dass Menschen einander lesen werden, anstatt Bücher zu lesen, und wenn du jemanden nach seinen Hobbys fragst, wird er dir antworten: »Ich lese am liebsten Menschen in öffentlichen Bädern und manchmal lese ich ein paar Jugendliche in Social Media.«

Auf jeden Fall ist es besser, wenn du dein Buch allein in der Dunkelheit der Bibliothek oder in deinem Zimmer liest, fernab von Augen oder Kameras, die dein Zittern und die Temperatur deines Gesichts nach jedem Satz oder jeder Geschichte beobachten und analysieren, um dich dann einer gründlichen Interpretation und Vermarktung zu unterwerfen, denn das willst du auf keinen Fall.

Da wir von der Privatsphäre des Gehirns der Fliege geredet haben – du weißt doch bestimmt, dass es Privatsphären schon immer gegeben hat und sie keine neue Mode sind, die sich erst nach der industriellen Revolution ausgebreitet hat!? Ganz sicher weißt du das ...

Unser Schicksal wurde nicht in einem Buch niedergeschrieben, das die Menschen überallhin mitnehmen und aus dem sie erfahren könnten, was ihnen vorbestimmt ist, was sein wird und was nicht. Es steht in dem wohlverwahrten Buch, das keinen Titel hat, durch den man sich bereits das Ende der Geschichte vorstellen oder wissen könnte, ob es am Ende oder kurz vorher eine unerwartete Wendung gibt.

»Das Schicksal steht in einem wohlverwahrten Buch«, so habe ich es gehört und gelernt. Ich habe mir immer vorzustellen versucht, wie das Buch des Schicksals heißen würde, wenn es einen vorbestimmten Titel hätte – vielleicht »Anbetung Liebe Gebet« oder »Verschiedene Zeiten einer ausgedehnten humanitären Katastrophe«?

Keiner kennt den Titel, weil sein Autor es nicht mit sich in der U-Bahn herumträgt, um aus ihm vorzulesen – Namen, Daten, Todesanzeigen, Geburtsurkunden und unerwartete Wendungen, die im rechten Moment und am rechten Ort passieren.

Die Devise heißt »Lies, lies, lies«, doch tue dies weit weg von allem in deiner schönen Abgeschiedenheit, abseits der Datensammelmaschinen und elektronischen Marktanalyse, ungeachtet des Schicksals, das bis auf Weiteres im Dunkeln bleiben muss ...

Diese Trauer
ist hausgemacht

Umgekehrte Flucht

Es gibt keinen Zweifel: Unsere Heimat liebt uns und lebt in uns und durch uns. Genauso sicher lieben wir sie auch und wünschen ihr und uns nur das Beste. Und dennoch ist unsere Beziehung wechselhaft und kompliziert und unsere Liebe unbeständig, je nachdem, wie die Heimat mit uns umgeht, in welcher Laune wir gerade sind und wie viel Glück sie uns gibt oder verwehrt.

So wie wir, die braven Bürger, zur Welt kommen, älter werden, uns verändern und am Ende sterben und vergessen werden, wird auch die Heimat geboren und verändert sich ständig. Doch anders als wir stirbt sie nicht und wird nie aus unserem Gedächtnis verschwinden, selbst wenn ihre Wahrzeichen zerstört werden und sie zu Asche zerfällt. Während wir dem Vergessen anheimfallen, wird die Geschichte nie vergessen werden und man wird nicht müde werden, sich ihrer zu erinnern.

Wenn du vom Glück gesegnet bist und lange genug am Leben bleibst, um einen guten Teil eines Jahrhunderts zu erleben, und dann in diesen Jahren von vielen anderen Jahrhunderten liest, wirst du deine einfache materielle Umgebung transzendieren und deine eigene komplexe Weltsicht entwickeln. Du wirst Dinge sehen, die es nur in deiner Vorstellung gibt, und sie wird in ihrer eigenen Welt alle anderen Welten und alle Wahrscheinlichkeiten imitieren.

Es gibt keinen Zweifel daran, dass jedes Heimatland seine eigene Philosophie hat, durch die es sich von anderen Ländern unterscheidet. Doch diese Philosophie verändert sich, je nachdem, wie seine Laune und seine persönlichen Umstände sind, unter wie vielen chronischen Krankheiten es leidet, wie oft es meditiert und wie groß sein innerer Friede ist.

In meiner philosophisch-komplizierten Art möchte ich dir zu bedenken geben, dass unsere Beziehung zur Heimat in der jüngeren Vergangenheit erschüttert wurde. Ich schäme mich nicht, dir das zu sagen, gibt es doch keinen Grund, so etwas zu verbergen. Mir ist in letzter Zeit klar geworden, dass Meinungsverschiedenheiten in einer Beziehung durchaus gesund sind. Man muss sich mit ihnen auseinandersetzen und über Lösungen diskutieren. Nachdem die Liebe zu unserer Heimat immer größer geworden war und schließlich ihren Höhepunkt erreicht hatte, erlitten unser gegenseitiges Verständnis und unser Zusammenleben einen Rückfall und wir brauchten psychotherapeutische Sitzungen für Eheleute, um herauszufinden, ob unsere Beziehung überhaupt eine Chance auf Erfolg hatte oder ob sie zum Scheitern und ewigen Elend verurteilt war.

Nach einem inneren Kampf gelangten wir an einen schwierigen Scheideweg, an dem wir endgültige Entscheidungen treffen mussten. In Scharen beschlossen wir aufzubrechen, einer nach dem anderen, und ließen die krisengeschüttelte Heimat in ihrem Unglück zurück. Wenn man jedoch ein bisschen darüber nachdenkt, kommt man darauf, dass wahrscheinlich auch die Heimat ihren Anteil an unserem Weggehen hatte. Vielleicht hatte sie diese alte Weisheit im Sinn: »Wenn du etwas liebst, lass es frei. Kommt es zu dir zurück, gehört es dir. Wenn nicht, dann war es nicht für dich bestimmt.«

Wenn du alles hinter dir gelassen hast – deine Erinnerungen, dein Haus und deine Freunde, die freiwillig oder unfreiwillig zurückgeblieben sind –, werden dir unterwegs viele deiner Landsleute den Rat geben zurückzukehren, während andere deinesgleichen dich davon zu überzeugen suchen, dass es sinnvoll gewesen sei wegzugehen und du deinen Weg fortsetzen solltest. Unsicher wirst du weiterziehen und dabei voller Zweifel sein.

Wenn du einer Beziehung den Rücken kehrst, wirst du feststellen, dass andere haben wollen, was du verloren oder verlassen hast, ganz so, als hätte deine Entscheidung auf freiem Willen beruht, als hättest du sie ohne jeden Zwang oder schwierige äußere Umstände getroffen.

Du machst dich also auf den Weg, und an jeder Grenze, die du überquerst, schaust du dich um und fragst die schweigend dort herumstehenden

Menschen, ob sie in derselben Richtung unterwegs seien wie du oder zumindest das von dir gewählte Ziel guthießen. Instinktiv versuchst du dich zu vergewissern, nicht der Einzige zu sein, der sein Land im Stich gelassen hat. Doch am Ende wirst du davon überzeugt sein, einfach nur ein Emigrant zu sein, der nach Seelenfrieden sucht, um in Ruhe sein Leben zu überdenken, und sofort zurückkehren wird, sobald sich die Gelegenheit erweist, die zerstörten Beziehungen wiederaufzubauen.

Je mehr Grenzen sich vor dir auftun, desto schwerer fällt dir die Wahl ... eine Tücke dieser riesigen Erde.

In deiner ersten Heimat warst du von sechs Grenzen umgeben. Das Land, in dem du jetzt bist, passt mit seinen acht Landesgrenzen zu deiner wachsenden Angst, oder besser gesagt zu deinem Schlaf, in dem du dich nun achtmal herumwälzt statt sechsmal. Aufmerksam beobachtest du, welche Beziehungen die Leute um dich herum zu ihrer Heimat haben und aus welcher Richtung der Wind der Veränderung weht, der dich herumfliegen lassen wird wie ein offizielles Schreiben, auf dem noch Stempel und Unterschrift fehlen.

In diesem fernen Land mit seinem wechselhaften Klima werden dir einige Leute, deren Sprache du nicht ausreichend beherrschst, ins Gesicht schreien, du solltest in dein Land zurückkehren. Andere Leute, die deine Sprache nicht sprechen, werden dir auf die Schulter klopfen und dich auffordern, dich bei ihnen niederzulassen – ihre Beziehung zu ihrer Heimat halte deine Anwesenheit aus und über ein paar zusätzliche Münder oder ein paar neue Töne seien sie nicht ärgerlich. Du aber möchtest dich nicht aufdrängen und sagst in irgendeiner Sprache, dass du wehrlos und ohne jegliche Beziehungen bist, kein Schoß dich auffängt und die Geschichte für dich nichts anderes bereithält als Erinnerungen.

Eine alte Flüchtlingsfrau erzählt dir von ihrer Erinnerung – auch wenn diese nur schwarz-weiß ist – an die Augenfarbe der Männer, die ihr begegneten, und an ihren angestauten Groll, dann packt sie mit der linken

Hand deine Angst am Kragen, dreht die Zeitung auf die Seite und sagt dir aus den senkrechten Zeilen die Zukunft voraus: »Für immer werdet ihr auf der Flucht sein und sie werden sich gegen euch zusammenschließen. Bedächtig werdet ihr euch niederlassen und sie werden schreien, und wenn ihr die Sprache derer, die anders sind als ihr, nicht kennt, werden sie Spruchbänder tragen, auf denen in eurer Sprache steht: Geht zurück, bevor ihr Wurzeln schlagt und sich auch nur eine einzige Blüte für euch öffnet oder ein Feld für euch ergrünt oder die Vogelscheuchen sich daran gewöhnen, dass ihr an ihnen vorbeilauft.«

Weil du Wahrsagerinnen magst und auf sie hörst wie auf deine Mutter, wirst du deine Sachen zusammenpacken, um zur psychotherapeutischen Partnerschaftsberatung zurückzukehren und deine Heimat wiederzutreffen, die du verlassen hast. Doch es wird nicht ausreichend Raum dafür geben, dass das Verständnis zwischen euch atmen kann und die Hoffnung sich erholt.

Aber die Alte hat dir nicht alles über deine Zukunft gesagt. Sie hat dir nicht verraten, dass es auf jeden Zusammenschluss eine ebenso starke und vielleicht auch ebenso seltsame Gegenreaktion gibt. So werden dich andere Spruchbänder überraschen, auf denen steht »In ein Flüchtlingsheim zu gelangen ist einfacher, als es zu verlassen« und »Wer zu uns geflüchtet ist, ist in Sicherheit, aber er muss in unserer Obhut und unter unserem Schutz bleiben«. Du wirst davon überrascht werden, dass die Grenzen, die man vor neuen Flüchtlingen geschlossen hat, auch jenen verschlossen bleiben, die in ihr Land zurückkehren wollen.

Erinnerst du dich an die albanische Mafia, die dich und deinen Bruder nach der Überquerung der Grenze zu Serbien eine ganze Woche lang in einer Garage festhielt, um euch dafür abzukassieren, dass sie euch durch mehrere Länder über die gewünschten Grenzen schleuste?

Dein Vater hatte einen großen Teil von dem, was er besaß, in Euro umgetauscht, um dich mit dem notwendigen Geld für unterwegs zu versorgen.

Dieses Geld versickerte nach und nach in den Händen der Fluchthelfer, die dich ans Ziel bringen sollten, bis es endlich ganz versiegte. Doch später, als sich deine Situation einigermaßen stabilisiert hatte, ließest du ihn im Stich und konntest ihm nicht einfach Geld schicken, als er welches brauchte. Du musstest dich damit begnügen, ihm mitzuteilen, dass das Leben nicht so einfach war, wie es sich alle vorgestellt hatten.

Heute nun – Ironie des Schicksals, das die Alte in der umgedrehten Zeitung gesehen hatte – tauschst du Euro in verschiedene Währungen um, für deine umgekehrte Flucht, zurück in die Heimat.

Du wirst viele Forint brauchen, um durch Ungarn zu gelangen, ohne dass dich dort einer der Fanatiker entdeckt und deine Flucht aus dem Flüchtlingsheim anzeigt. Wenn du Glück hast, halten sie dich für einen ihrer Nachbarn, die auf die Währung ihres Landes scharf sind, und lassen dich in Ruhe, weil sie dich wie die Pest hassen. Und so ist es ein guter Trick, in ihnen Hass zu säen, um dieses Land durchqueren zu können.

Ein Teil der serbischen Dinar wird in die Hände der Polizei wandern, damit sie dich ignoriert. Eigentlich warst du beim Überqueren der serbischen Grenze stolz darauf, mit Euro zu zahlen und dich als Tourist auszugeben, auch wenn die Lüge offensichtlich war. Doch jetzt möchtest du kein Risiko eingehen, denn du bist von geschlossenen Grenzen umgeben und das hattest du am wenigsten erwartet.

Wenn du in Griechenland ankommst, wirst du erneut Euro benutzen, doch diesmal ist es dir gleichgültig, ob sie dich enttarnen. Du magst diese Leute und sie mögen dich, immerhin teilt ihr dasselbe Meer.

Als du zum ersten Mal eine Grenze überquertest, schautest du nur nach vorn. Du wolltest an den Horizont gelangen, der sich vor deinen Augen auftat. Doch nun schaust du nach vorn und zurück. Du fürchtest dich vor dem, was vor dir liegt, und vor dem, was du zurückließest. Du hast Angst davor, dass die Grenze dich ins vorige Land zurückzieht, nicht in einen sicheren Tod, sondern in ein sicheres Leben, das du nicht willst. Schuld daran sind die Gesetze der Physik, nach denen Wärme in Energie umgewandelt wird, denn als du kamst, brachtest du die Wärme deines Herzens, deines Zorns und deines Krieges mit dir, die dein Flüchtlingslager zum Brodeln brachte und sein Hirn außer Gefecht setzte.

Selbst die Sehnsucht kocht jetzt in dir. Du sehnst dich nach dieser merkwürdigen Beratungssitzung mit deiner Heimat und hoffst, sie werde dich mit offenen Armen empfangen, auch wenn sie wegen eines Nervenschadens oder wegen erhöhter Aschewerte im Wasser einen ihrer Arme nicht über Schulterhöhe heben kann.

Bevor du deine umgekehrte Flucht antratst und die Alte trafst und in ihre Erinnerung und deine Zukunft eintauchtest, hattest du vor der Spüle gestanden und eine bekannte Melodie vor dich hingesungen, die dir jedoch nur schwer und mit zaghaften Tönen über die Lippen kam. Du konntest dich nicht sofort an die Worte erinnern, die zu dieser Melodie gehörten. Doch dann legtest du den Teller, den du gerade abwuschst, für einen Moment aus der Hand, als du feststelltest, dass es deine Nationalhymne war. Wie oft hattest du sie in der Schule gesungen, mit wunder Kehle unter dem roten Käppi, das die Schüler, schon im Alter von 13 Jahren zu Mitgliedern der Baath-Partei gemacht, in den roten nationalen Armeen trugen.

Voller Pein blicktest du auf den Schaum des Spülmittels auf dem Teller, der sich mit deinen Tränen vermischt hatte.

Du wusstest, dass deine neuen Nachbarn hinter den acht Grenzen jeden Tag wie gewohnt aufwachten, vielleicht auf dem Samstagmarkt ein Bier tranken und, wann immer sie wollten, ihre Nationalhymne sangen. Du aber standst an der Spüle und es fiel dir schwer, die deine zu singen, nachdem sie jedes Mal ihrer Wärme beraubt worden war, wenn du sie zusammen mit der Nachricht vom Tod eines deiner Freunde oder der Verhaftung der Freunde deiner Freunde hörtest, die nun auch deine waren, so oft hattest du von ihnen und ihren Geschichten gehört.

Wie kannst du jetzt in ein Land zurückkehren, dessen Nationalhymne dir nicht mehr gehört, und wie in einem Land bleiben, dessen Hymne dir nie gehören wird?

Wirst du jetzt, nachdem du nach den Gesetzen der Physik deine Wärme an jene abgabst, die dich bei sich aufnahmen, die Kälte des Nordens auf deine umgekehrte Flucht mitnehmen, um all die Brände zu löschen, die deine Beziehung zur Heimat ereilt und dein Vertrauen in deine Liebe zu ihr geschwächt haben?

Versuche nicht, neutral zu bleiben. Du musst dich für die Seite entscheiden, die dir etwas bedeutet, und für die Grenzen, die dir am besten erlauben, dich zu bewegen. Das Leben ist kein Fußballspiel, in welchem du auf den Tribünen der Stadien die syrische Nationalhymne singst und vergisst, was mit jenen geschieht, denen sie gehört ...

Ich bin kein Kamel

Still ruht der Staub auf den schwarzen Regalbrettern. Aber das macht nichts, denn der strahlende Himmel heute ermöglicht es mir, mich mit dem übermütigen Spiel der Vögel abzulenken. Obwohl ich unter meinem im dritten Stockwerk gelegenen Fenster die Straße nicht sehe, dringt der Lärm der Arbeiter, die die Fassade des Nachbarhauses restaurieren, von Zeit zu Zeit zu mir herauf. Sie nutzen sicher das schöne Wetter für die Arbeit, wenngleich die gelbe Fassade so neu aussieht, dass man nicht begreifen kann, was genau sie damit vorhaben.

Vielleicht sind die Arbeiter heute voller Eifer und in guter körperlicher Verfassung aufgewacht und haben deshalb die Restaurierung der Fassade beschlossen. Vielleicht gehört die Erneuerung der Fassaden aber auch zu den sommerlichen Bräuchen hier; so wie die Mütter in Deir al-Zor die großen bunten Teppiche vor den Häusern waschen und dabei die ganze Straße unter Wasser mit Olivenölseifenschaum setzen. Aber hier, im 15. Wiener Bezirk in der Nähe des Meiselmarkts, bringen die Mütter die Teppiche lieber zur Reinigung und die Ehemänner beauftragen eine Firma zum Restaurieren der Fassaden.

Auch gestern Abend war der Himmel ruhig. Einige weiße Wolken erhellten den Horizont und nahmen dem Sitzen am Fenster und dem Schauen in die Weite den Schrecken, den eine finstere Nacht mit sich bringen kann. Doch plötzlich kratzte ein Blitz am Himmelszelt, als wolle er mit einer kalten, regnerischen Nacht drohen.

Eine Frau im Haus gegenüber trat auf ihre bepflanzte Terrasse und stieg dann eine Metallleiter hoch, die auf das Dach ihres Hauses führt, wo sich ihr zweiter Garten erstreckt. Und in dem Moment, in dem das Licht des

Blitzes ein weiteres Mal niederfuhr, knipste die Frau das Feuerzeug an. Die jedoch scherte sich nicht um das, was um sie herum vorging, geschweige denn um das Fenster meines Zimmers, das auf Höhe ihres Blickes liegt. Wahrscheinlich achtet die Frau unter den strahlend weißen Wolken auf ihre Gesundheit und raucht täglich nur eine Zigarette auf dem Dach. Und möglicherweise raucht sie am liebsten zwischen den Pflanzen, die in einer Nacht wie dieser verschiedene Düfte verströmen.

Ich drehte eine zweite Zigarette und stellte mir eine kleine Pfefferminzpflanze in einer Ecke des Gartens vor. Wie würde sich wohl der Geschmack der Zigarette verändern, wenn der Wind durch die Minzblätter bliese?

Während ich am Tisch saß, der parallel zum geöffneten Fenster stand, lenkte mich der Anruf meiner Mutter von dem Anblick der Frau ab. Sicherlich hatte sie Nachrichten gehört, denn sie meldet sich stets, wenn sie zum Beispiel von einem Sturm erfahren hat, der über Europa hinwegfegt, auch wenn er weit weg im äußersten Norden weht. Oder bei einer Eilmeldung über dichten Schnee, der die Straßen versperrt oder den Flugverkehr behindert.

Meine Mutter weiß nicht, dass ich Termine verschiebe, wenn ich auch nur einen einzigen Regentropfen auf der Wetter-App meines Mobiltelefons sehe, und dass ich stattdessen mit entblößter Brust zu Hause hinter dem Fenster darauf warte, dass der Regen vorbeizieht, und seinen Duft genieße. Sie aber ist erst beruhigt, nachdem sie per Videoanruf mit eigenen Augen gesehen hat, wie ich die Fenster schließe und eine dicke Jacke anziehe. Dann erst glaubt sie mir, dass ich auf meine Gesundheit achte und dass sie weiterhin die mütterliche Herrschaft auszuüben vermag, obwohl sie in einem anderen Land lebt.

Manchmal möchte ich die verantwortlichen Meteorologen anrufen und sie bitten, beim Wetterbericht auf die Entfernung zu Österreich hinzuweisen, wenn ein Sturm die Küste Deutschlands trifft. Nur so könnte man meine Mutter davon überzeugen, dass die Erdkugel kein Schwamm ist, der sich durch zwei Tropfen Regen irgendwo auf der Welt komplett vollsaugt. Aber ich habe ihre Telefonnummer nicht.

Ich beendete das Gespräch mit meiner Mutter und zog den dicken Pullover wieder aus, dann versicherte ich mich, dass das Fenster halb offen stand, und warf mich aufs Bett. Das dunkle Zimmer wurde von Zeit zu Zeit durch einen Blitz erhellt, als würde ein Paparazzo, sobald sich eine Idee in meinem Kopf regte oder sich mir ein Seufzer entwand, ein Foto schießen.

Nachdem das Zimmer mehrmals erleuchtet worden war, drehte ich mich auf dem Bett in Richtung Fenster, dem ich bislang den Rücken zugekehrt hatte, um den Vorhang zu schließen und das Licht abzuwehren. In diesem Augenblick bemerkte ich, dass ich ganz auf einer Seite des breiten Bettes lag und meinen Kopf auf den seitlichen Rand des Kopfkissens gelegt hatte und dass der Rest der Matratze zwischen mir und dem Fenster so unberührt und glattgebügelt war, als wäre ihm niemand auch nur nahegekommen.

Ich weiß, dass wir alle auf der Seite schlafen, auf der wir uns wohlfühlen, aber wer mich gesehen hätte, hätte erwartet, ich würde gleich aus dem Bett fallen. Vielleicht lag ich auf jener Seite, die mir die geringste Annehmlichkeit bot, denn beim seitlichen Schlafen trainiert man Arm und Schulter, das ganze Körpergewicht zu tragen. Eine nicht beabsichtigte Übung, doch tief in mir hege ich Zweifel, ob ein anderer mir seine Schulter zur Verfügung stellen würde, um mich zu stützen. Deshalb bleibt mir nur die schmale Seite des Körpers, um mich zu tragen und zu ertragen.

Sogar in den folgenden Tagen, als ich mich bewusst in die Mitte des Bettes legte und meinen Kopf mitten auf das Kissen bettete, lag ich beim Aufwachen zusammengekrümmt am Rand des Bettes auf meiner rechten Seite. Es muss die Macht der Gewohnheit sein, die man nicht ablegen kann, egal wie breit das Bett und wie tief der Schlaf auch sein mögen.

Irgendwann muss man sein Immunsystem trainieren und ihm die Grenzen seiner Freiheit zeigen. Und genauso sollte man die Mauer erhöhen, die der Schmerz überwinden muss. Wie die Mauer von Trump. Man sollte ein Diktator über seinen Körper sein, auch wenn man von einem anderen Diktator regiert wird, denn man genießt nicht die gleichen Privilegien wie die Arbeiter, die die gelbe Fassade renovieren und es sich leisten können, auf schönes Arbeitswetter zu warten.

Vielleicht wirft man mir mangelnde Weisheit vor, und das streite ich absolut nicht ab – auch wenn ich spontan ein paar weise Sprüche von mir gegeben habe. Schließlich habe ich mir einen Weisheitszahn ziehen lassen, nachdem meine Versuche gescheitert waren, ihn zu überkronen und dadurch zu behalten, als zum ersten Mal ein heller Schmerz in der Finsternis meiner Mundhöhle aufgeblitzt war.
Und obwohl mein Schmerzempfinden erblich bedingt nicht stark ausgeprägt ist und obwohl ich mit Arak gespült habe, um die Zähne zu trainieren, nicht nachzugeben und mir so lange zur Seite zu stehen, wie sie können, habe ich sie doch einen nach dem anderen verloren, einen wegen eines Bissens trockener Falafel und einen nach einer herzbedrohlichen Nervenentzündung.
Die Vorsichtsmaßnahmen des Arztes vor dem Ziehen des letzten Weisheitszahns waren befremdlich. Er verschrieb mir ein entzündungshemmendes Mittel und unterschiedlich starke Schmerztabletten. Auch die Alarmbereitschaft meiner Freundin mutete komisch an, denn sie wollte mich seelisch offenbar auf unerträgliche Schmerzen vorbereiten und versprach mir, nach der Arbeit nach mir zu schauen, war sie sich doch sicher, mich schmerzgekrümmt am Rande des Bettes vorzufinden. Sie glaubte, dass mich das Eis, das sie mir bringen wollte, retten würde.
Noch kurioser aber war die Betäubungsspritze, die der Arzt mir verpasste. Es schien, als sei er kurz davor, ein Kamel zu betäuben, um das Tier daran zu hindern, in Panik zu geraten.

Aber ich bin kein Kamel, selbst wenn ich wegen des langen Sitzens am Schreibtisch einen Buckel habe, der einem Höcker gleicht. Und selbst wenn ich in der Lage wäre, tagelang zu laufen und Grenzen zu überqueren und mich mit der Erinnerung an das Wasser in meinen Adern begnügen und stehend oder sitzend schlafen könnte, jederzeit bereit aufzustehen, sobald ein Geräusch ertönt oder ein Licht aufblinkt.

Ich bin kein Kamel, selbst wenn ich all meine Zähne verloren habe und nun beim Kauen meinen Unterkiefer auf lächerliche Weise von links nach rechts schiebe.

Der Arzt ermahnte mich natürlich, nach dem Verlassen seiner Praxis nicht zu rauchen, und teilte mir mit, dass er außerhalb seiner Sprechzeiten nicht für mich zur Verfügung stünde.

Der Staub lag noch immer auf den Bücherregalen, als ich nach Hause kam. Ich setzte mich an den Schreibtisch und dachte über die starken Schmerzen nach, die der Arzt mir vorhergesagt und auf die meine Freundin mich vorbereitet hatte. Ich prüfte und sortierte die Schmerztabletten nach ihrer Stärke, um dafür gerüstet zu sein, sie blind vor Schmerzen nicht mehr auseinanderhalten zu können.

In dem Fensterausschnitt hinter meinem Schreibtisch sah ich wieder die Frau heraustreten und die Eisentreppe zu ihrem Hochgarten emporsteigen und rauchen, ohne sich um den Regen zu scheren, der eingesetzt hatte. Das erinnerte mich an den kleinen Topf mit Pfefferminz, den ein Freund mir mitgebracht und den ich im Nebenzimmer hatten stehen lassen. Ich stand auf, bevor mich der erwartete Schmerz einholen würde, und brachte den Topf in mein Zimmer, um ihn vor mir ans Fenster zu stellen. Dann pflückte ich einen kleinen Pfefferminzstängel und zerrieb ihn in meiner rechten Hand, die ich zum Rauchen benutze, sodass ich immer, wenn ich an der dünn gedrehten Zigarette zog, den Pfefferminzduft roch.

Ich legte die entzündungshemmende Tablette unter meine Zunge und rauchte trotz der Warnungen des Arztes. Dann machte ich mir etwas zu essen und begann an einigen alten Projekten und Ideen zu arbeiten, die mir immer noch durch den Kopf gingen. Ich wartete darauf, dass der Schmerz einsetzen und die Grenze des Erträglichen überschreiten würde.

Einige Stunden später war immer noch nichts passiert. Das ermutigte mich, einen kleinen Bissen in Sauce getränktes Brot zu kauen. Aber kein Nerv rührte sich als Protest auf die Zigarette oder den Bissen Brot. Also warf ich die Tabletten in den Müll, schaute in den Spiegel und fragte mich, ob ich in einem Augenblick der Angst über die Grenze geflohen war und nicht bemerkt hatte, dass mein Empfinden sich in eine ganz andere Richtung von mir entfernt hatte.

Ich bin ein sehr fleißiger Dichter
Ich schreibe nicht immer
und starre nicht auf Politik
Ich trinke keine Milch
Ich pinkle im Stehen in den Ecken und Winkeln fremder Städte
Ich beneide meine Freunde um ihre Erfolge und strenge mich an
Ich weiß
wie jeder fleißige Dichter, dass ich ins Paradies kommen werde
                    nach einer kurzen langweiligen Anerkennung

Sie werden auf meinen Grabstein schreiben:
In seinen letzten Augenblicken
beschimpfte er jene, die vorbeigekommen waren
und jene, die nicht vorbeigekommen waren
                            in astreinem Deutsch

إيديتسيون كوريسبوندينسن

حـمد عبود

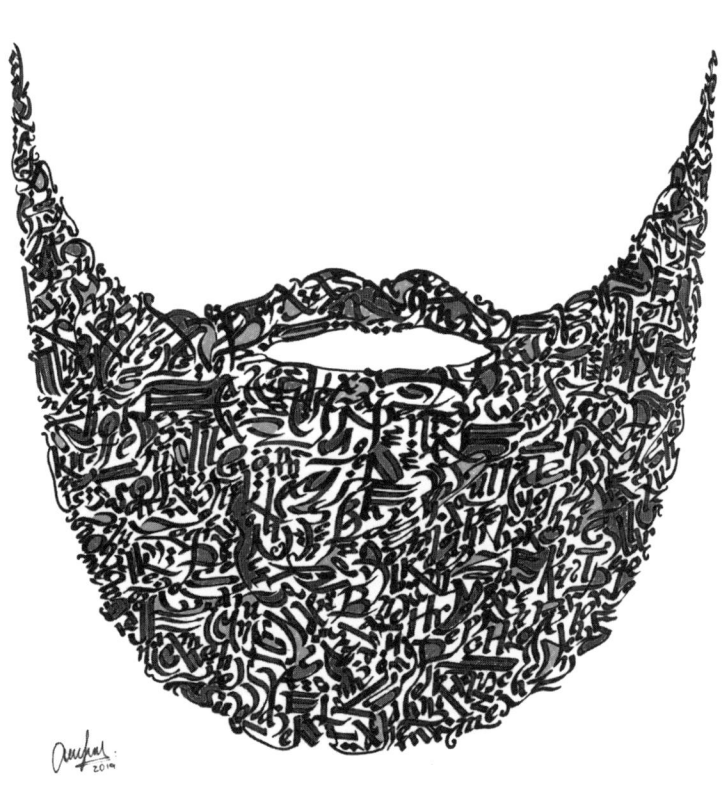

حمد عبود

قصص مُختبئة في لحيتي

الترجمة من اللغة العربية إلى اللغة الألمانية: لاريسا بندر، كيرستين ويلش.

لوحة الخط العربي في مقدمة الترجمة الألمانية: الفنّان ياسر الغربي.
لوحة الخط اللاتيني في مقدمة النسخة العربية من الكتاب: الفنانة أنيتا روبوفا.

تصميم الغلاف: لايف روفمان
الطبعة الأولى
طُبعَ في هنغاريا
تم دعم دار النشر من قِطّاع الثقافة والآداب في مدينة فيينا.

ISBN 978-3-902951-44-1

الفـهرس

قصص مُختبئة في لحيتي

كتبتُ عن الموتِ لأُنهِكَه

أكتبُ عن الحياة لأفهمها

أنا شاعرٌ معقول

أكتبُ قصائدَ معقولة لأجتازَ هذه الحياة غير المعقولة

لا مزاجَ عندي للكتابة

لديَّ بعضُ الجُمَلِ البائتة ولكنَها ما تزال صالحة

سأبيعها

وأهربُ إلى بلاد أخرى

ما حدثَ فعلاً للطيور اللاجئة

نعرفُ أنا وأنتَ بأنَّني لستُ "جيمس دين" لأستيقظَ في السادسة صباحا وأخطط بعفويةٍ لخروجٍ درامي من المبنى الذي أنام فيه إلى ساحة المطحنة الهادئة، المطحنة التي أصبحتْ مركزا للنشاطاتِ الثقافية منذ سنوات. لستُ "جيمس بوند" لكي يهمسَ أحدُهم بكلمةِ "أكشن" فأبدأ بالمشي واثقاً نحو المطبخ في طرف الساحة المقابل لأصنع لنفسي فنجانا من القهوة غير مكترث بمن يهددون هدوء هذا الصباح المختنق بغيوم باردة.

أنا لستُ "جيمسا" ولا أمتُ له بأيّ صلة، إلا أنني ارتديتُ في إحدى الليالي الشتوية معطف والدتي الطويل وفردتُ "قبّته" عالياً لتُحيط برقبتي وتُخفي بعض ملامحي وشيئا من ابتسامتي لأبدو كأحدِ الواثقين، الذين يُخفون في كُمِّهم حلولا لأيّ مشكلة تعترضهم.

خلال محاولتكَ للوصول لهدفك، أو في حالتي أنا إلى قهوتي، تقوم الحياة برمي نردِها في طريقكَ وتُراهنُ على مفاجأتك، خصوصا إذا كان النوم لا يزال يملأ عينيكَ وكل ما تفكر فيه هو القهوة وبعض الخبز اللذين سيَمحيان طعمَ الأحلام البائتة في فمك.

أفزعتْ خطوتي الأولى على أرضية الساحة السربَ المسترخي فوق البلاطات الباردة، وهرعتْ الطيور من أمامي برفرفة بطيئة، كأنّ أحدهم قد همس لها بكلمة "أكشن" أيضا، معلنا بدء المشهد لتضربَ الهواء بأجنحتها مختارة بعفوية غريزية مسارات واتجاهات مختلفة، فاستقرَ بعضُها على سقف المبنى، ورفرف بعضها الآخر ليختفي داخل فوّهات بيتِ الطيور الكبير الذي يعتلي البرج الحجري القابع في صدر الساحة.

فزعُ الحمامات المفاجئ جعلني أتعثر بعتبة الباب، فتدحرجتُ بشكل بهلواني وكأنني أحاول تفادي طلقاتِ رعاةِ بقرٍ يحاولون قتلي كما في أفلام الويسترن القديمة، إلا أنّ الساحة كانت

خالية من أيّ قتلة أو حتى نساء مختبئات خلف النوافذ ينتظرن انتهاء القتال. عندما وقفتُ مرة أخرى كانت الحَمَامَاتُ وحدها من يضحك على بداية صباحي غير المتوقعة.

تستطيع خارج المدن الكبيرة أنْ تعيش برتابة مُحببة، وبور غنلاند لها من هذا الحظ نصيب جيد، بهواء عليل وهدوء مقيم ومن دون أسئلة فلسفية ثقيلة تُقلق راحتك، وذلك سواء أكنتَ من أهل المنطقة أو غريبا تزور المدن الريفية لوقت وجيز، إلا أنّ محيطك الريفي يختلق لك أحداثا مشوقة تهزُّ أفكارك وتُحرّك أسئلةً كنتَ قد أهملتها وتركتها في داخلكَ لتركد بعيداً. بين لحظة دخولي الساحة وفزع الحَمَامَات مروراً بلحظة تعثري ثم وقوفي مرة أخرى، كنتُ قد نسيتُ القهوة التي أريدها وبدأتُ أفكر بالمشهد القادم وإذا ما كان عليّ التدرب على التدحرج ليبدو باحترافية عالية، وكيف لشخصيتي، التي ألعب دورها منذ فترة طويلة، أن تتطوَرَ وتنتقل إلى مرحلة متقدمة في التزامها وانشغالها بتفاصيلها.

يحوي الجانبُ الأيمنُ لبرج الحَمَام المنتصب في صدر الساحة ثلاثين حُجْرَة صغيرة، بعضها سُدّ عمدا لتقليل عدد الطيور التي تعمل بحرفية على توسيخ المكان حولها.

غالبا ما يتخلل جلسات الريف الصيفية ضربُ الأقداح ببعضها، والشرب للترويح عن النفس بعد يوم عمل طويل، وسواء أكانت الأحاديث محزنة أو مفرحة فإنّ سكان بور غنلاند يُحبون دعوة أصحابهم وجيرانهم لتمضية بعض الوقت وتبادل الأخبار. ولأنني قررت الانتماء إلى هذا الريف، بعد أن عشتُ فيه لسنتين وتعودتُ على رفقة جيراني خلالها، رحتُ أجاور هذه العادة ولا أنقطع عنها ما دامت الرفقة متوفرة.

تسري الآن أيضا في ساحة المطحنة الثقافية خلال زيارتي، بعد غياب، نفس القواعد والعادات تقريبا، ولكنّ الساعة الرابعة تحتمل تقليدا يُحبُّ البعض الالتزام به، فلا تَدقّ الساعة إلا وتَحضُرُ الكؤوس، فيقولون ضاحكين: "شُرب ماء الشعير، ضرورة عند ساعة الغدير". لكنني ومنذ انتقلتُ إلى فيينا فقدتُ الرفاق الذين يساندونني عندما يهجم العطشُ دون مقدمات،

فتشابهث الساعات ومَنعثْ المدينة حضورَ الجلسات الاعتيادية الروتينية، فلا يُلقي أحدهم السلام عليك ولا يُحييك جارك حتى وإن حاولت ذلك بلغة العيون اليائسة، آملا أن تُفهمَ نواياك الطيبة دون الحاجة للتلعثم بكلمات السلام التي حفظتها من اللغة الجديدة.

بعض الطيور تجلس داخل حُجرَتها، بينما يقف طائر آخر على عتبة البيت يراقب كل آتٍ وذاهب بفضول طائر أهبل.

لكثرة الساحات في المدينة الكبيرة، يَضيعُ الناس ولا يلتقون صدفة بعفوية ريفية محببة، إلا أنهم لحسن حظهم يمتلكون كلابا تجمعهم في "ساحة مواعدة الكلاب" المسوّرة، مما يسمح لهم بالحديث عن حياتهم قليلا مع غرباء عابرين قبل أن يُلفلف كل منهم الكيس البلاستيكي الأسود في راحة يده ويرحل بعيدا، على أمل اللقاء مرة أخرى في حال تزامنت رغبات الكلاب بالمشي مع بعضها وتوافقت مع حاجة أصحابها للكلام.

بما أنني، لأسباب واضحة، لا أمتلكُ كلابا تسمح لي بالتواصل البشري في المدينة الكبيرة، حاولتُ أن أبحث عن مكان ما أستفز فيه حديثا عابرا يقودُ، إذا شاءت الفرص، إلى صداقة عفوية غير مقصودة.

لا يُسمح للطيور القادمة من البعيد دخول البيت المتوّج للبرجِ الحجري، فتهاجم الطيور المقيمة كل زائر خوفا من اختفاء بيضة أو زيادة الأوساخ حول البرج فتُغلَقُ مزيداً من الحُجُرات.

كما تتكاثر الكلابُ في "ساحة المواعدة" تتكاثر الحانات في المدينة يوما بعد يوم، ولكنّ بعضها مخصص للزوّار وبعضها مُخصص لأهل الأحياء الجانبية، بعيدا عن ضوضاء مركز المدينة السياحي المكتظ بسيقان السيّاح المثنية وعصيّ "السِلْفِئْ" الممشوقة.

كثيرا ما تساءلتُ إذا كان دخولي لأحدِ الحانات القريبة من بيتي مقبولا، وتعاظم فضولي إذا

١٣

ما كان الزبائن سيريدون تحيتي كما فعل أهل الريف دائما، لكنني احتجتُ الكثير من التفكير قبل التجرّؤ على فعلة كهذه. في كل مرة أصادف فيها حانة معزولة يجلس فيها قلة من الزبائن، أفكر في احتمالية دخولي وجلوسي بجانبهم وما إذا كان النادل سيعاملني بترحاب أو باستهجان غريب.

لم يطل الأمر كثيرا، فبعد سنتين من العيش في المدينة والتغلغل في شوارعها صادفتُ في إحدى زوايا الحي الذي أعيش فيه حانة صغيرة بمقاعد مرتبة أمام البار وبعض الطاولات المتوزعة في الصالة الصغيرة.

حسنا إذاً، أنا الآن لاجئ ذو خبرة في أمور الحياة والنجاة وأسرارهما، ولم أعد صغيرا كما كنتُ أول وصولي إلى هذه الأرض الخضراء الواعدة، وبحسابٍ بسيط على عتبة حانة الحيّ أعدّ على أصابع يدي الأولى أربع سنوات قضيتها مناصفة بين الريف والمدينة، وعلى أصابع اليد الثانية أعدّ الأوراق النقدية التي أحملها في جيبي ومن ثم أدخلُ مخفيا خجلي خلف ابتسامتي ملقيا التحية على النادلة وزبائنها الذين يُعدّون على أصابع اليد الثالثة.

خَفَتَتْ أحاديثُ الزبائن واختنقتْ ضحكاتهم بينما كنتُ أطلبُ من النادلة كأسا من البيرة، وكأنّ فضولهم دفعهم للاستماع لما سأطلبه. عندما وصلتُ إلى منتصف الكأس كانت الأحاديث قد عادت إلى حيويتها السابقة، واستطعتُ التخمين من خلال استماعي المتعمد لما يحدث حولي بأنّ أغلب الموجودين كانوا قد بدأوا الشرب منذ وقت طويل.

لا بد أنّ جلوسي صامتا على طاولة البار محدقا بالمرآة أمامي قد أثارَ حفيظة أحد الزبائن مما دفعه لسؤالي عن اسمي وعمّا إذا كنتُ قد تربيتُ في النمسا أو في بلد آخر، فأجبته بسرعة بأنني قادم من بورغنلاند فضحكَ لجوابي غير المتوقع، ولكني بعد أن شاركتُه الضحك أوضحتُ له بأنني سوري وبورغنلاندي في نفس الوقت، فشاركتنا النادلة حديثنا القصير مبينة بأنّها قد رأتْ الكثير في حياتها ولكنها لم تتوقع أن يزور حانتها في فيينا شخص يُقدّم نفسه على أنه ريفي باعتزاز دون أن يكون المزاح هدفا وراء هذا التعريف.

كان اسم الرجل الذي بدأ الحديث معي يَازْمِنْ، وأخبرني بأنه مهاجر قديم قدم من البلقان، أما النادلة "غوغا" فكانت كرواتية الأصل أتت إلى النمسا منذ أكثر من ثلاثين سنة، أما الرجل

الجالس على الطاولة الجانبية ففهمتُ من لهجته بأنه من أولاد البلد وولد في مدينة قريبة من جبال الألب.

أذا قرر أحد الطيور رمي فضلاته فوق رأسك فأنتَ محظوظ كما يقولون، وإذا اختار أن يرمي فضلاته في مكان آخر فأنت محظوظ أيضا.

أصرّ "يَازْمِنْ" على دفع ثمن مشروبي التالي، الدعوة التي لم أنجح بتجنبها برغم محاولتي، لقدرتي على دفع حساب ما أشربه بنفسي، لربما كنتُ أحاول أن أحافظ على كرامتي في حال كانت هذه الدعوة شفقة على كوني لاجئ هربَ من الحرب.

كنتُ معتادا على دعوة الأصدقاء لي في بورغنلاند وكنت أقبلها برحابة صدر كبيرة، فهذا كرم ريفي لا يتواجد بالضرورة في المدن الكبيرة المشغولة بدقة مواعيدها واللقاءات العملية والبراغماتية. لكن تلك الدعوات اختفت منذ انتقلتُ إلى المدينة وتلاشت أيضا تلك الجلسات العبثية التي تطغى التسلية عليها أغلب الأوقات، لذلك كانت مفاجأتي من دعوة يَازْمِنْ لي مبررة.

ضربتُ كأسي بكأس يَازْمِنْ شاكرا له لطفه وأكملنا الحديث عن مواضيع مختلفة، فأخبرني ما يعرفه من كلمات عربية حفظها خلال زياراته الشرقية، ورددتُ عليه بدوري ما حفظته من كلمات تعلمتها في الريف النمساوي.

كان واضحا عندما وصل حديثنا إلى السياسة أنّ يَازْمِنْ ينقسم بين بعض اللوم على الحكومة وما تمارسه في السنوات الأخيرة وبين تأييد لها. بينما فضّل دانيل، الرجل الجالس على الطاولة، أن يحاول بشكل متكرر أن يشرح لي على وجه الخصوص بأنّ النمسا ليست معادية للغرباء إنما هناك حدودٌ يجب الوقوف عندها وإغلاق الباب في وجه اللاجئين كيلا يزيد عددهم بشكل يضغط على طاقات البلد وموارده.

كنتُ أتوقع بأن الحديث مع دانيل لن يقود إلى نتيجة في هذه الساعة المتأخرة فحاولتُ كسر جدية الموضوع بقولي بأن البلد الذي يفضّل أهله إطلاق اسم "جرّار الغيوم" على طائرة

الهليكوبتر لا يمكن أن تنفذ موارده أبدا.

الطيور التي لم يساعدها حظها في أن تولد داخل بيت الطيور الخشبي، تلتزمُ الوقوف على السطح وتنتظرُ رحيلَ الطيور المحلية لتقتنصَ لها حجرة خالية تستريح فيها قبل أن تُطرد من جديد.

بالتأكيد لستُ "جيمس دين" أو "جيمس بوند" ولا أمتّ لأي "جيمس" بصِلَة، إلا أنني بين بورغنلاند وفيينا أتدحرج بمهارة بين الشخصيات التي ألعبها منذ فترة لا بأس بها، فأنا الجبان الهارب الذي نجا بحياته ولم يستطع أن ينقذ الديموقراطية في بلده، وأنا اللاجئ الجديد الذي يكرهه اللاجئون القدامى، وأنا الشاعر الذي لم يعد يكتب الشعر، والساخر الذي أضاع نكتته القاتلة. أنا البور غنلاندي في بور غنلاند، الغريب في فيينا، الذي يشرب القهوة السورية في تركيا والقهوة التركية في سوريا. والحمامات هي الوحيدة التي تضحك على دحرجتي البهلوانية وتعري بهوياتي المتغيرة والمتقلبة.

أخبروني بأنّ المطحنة الثقافية قد بنيت منذ أربعمئة سنة، ولكنهم لم يخبروني إذا كانوا قد بنوا بيت الطيور ذي السقف الأحمر لطيور مهاجرة أم لطيور محلية أتت من القرى المجاورة طمعا بالحبوب التي يخزنونها في المستودع ويتساقط منها حصة لا بأس بها على بلاطات الساحة الباردة.

كنتُ دائما أعتقد بأنّ الطيور، التي تأتي من البعيد وتبحث عن مكان للعيش فيه، تجلب معها عادة شيئا ما يغري الطيور الأخرى ويشجعها على استقبال الطيور الغريبة وتقبلهم جارا جديدا، كأن يحمل الطائر المهاجر في فمه عودا مناسبا لبناء العش، أو قطعة حديدية أو حجرة لامعة مناسبة للزينة. لا بدّ وأن الطيور تعلمت ذلك من مشاهدة البشر يرحلون من مكان إلى مكان ويحملون معهم دائما ما يثير اهتمام سكان المكان الذين سيصلون إليه ويدفعهم إلى استقبالهم والترحاب بهم.

أصرّ دانيل في الحانة تلك الليلة على دعوتي أيضا ودفع ثمن مشروبي التالي، مما أثار إعجابي بالكرم المفاجئ الذي نزل عليّ من غرباء لا يعرفون عني سوى أنني قادم من ريف سوري ونمساوي. ولسعادتي ردَدْتُ الدعوة لكليهما تعبيرا مني عن امتناني للطفهم الذي لم أتوقع مصادفته في تلك الليلة أو في غيرها من ليالي المدينة الكبيرة.

كطائر يَأمَنُ جانبَ مَنْ يُشاهده، اقتربتُ بحذر من دانيل وأخبرته بأننا جلبنا معنا الكثير من الأشياء المهمة حين قررنا اللجوء إلى دول جديدة طمعا في الحياة بدلا من الاستسلام للموت، فهناك من أحضر ماله معه وهناك من هرب وكل ما يملكه وصفة مميزة ورثها عن جده لصنع الحمص، كما أنّ هناك من جلب شهاداته ومن جلب قصصه المعلقة في فمه، وبعيدا عما إذا كنا قد جلبنا شيئا ملموسا يلمغ أو يثير اهتمام العين العارية أو إذا ما رفرفنا بأجنحتنا الخالية إلا من آثار حياة قديمة، إلا أنّ كلا منّا أحضر هويته معه وهو ما يضيف رونقا مميزا ومختلفا على كل حيّ في هذه المدينة الكبيرة، تلك الهويات الغريبة التي نتدحرج بها من مكان إلى آخر خوفا من رعاة بقر يغتالون أحلامنا، تلك الهويات التي قد تسمح لنا بالمبيت في حُجْرَة صغيرة لنصبح جيرانا مقبولين ومختلفين في نفس الوقت.

ستشعرُ بالتأكيد بالملل من مراقبة بيتِ طيور يحوي حمامات محلية متماثلة في لونها وشكلها، وفي الوقت الذي تجوُلُ فيه عيناكَ بحثا عن كائنات مختلفة تُسلي خيالكَ وتحفزُ شخصيتكَ، التي تلعب دورها من زمن لا بأس به، على التطور والالتزام بتقدمها والانشغال بتفاصيلها، ستسأل نفسك أسئلة فلسفية كنتَ قد تركتَها داخلكَ لتركدَ بعيداً، كأنْ تسألَ نفسكَ إذا ما كان المكان قَدْ غيّرَ هوّيتك أو إذا ما كنتَ قد غيّرتَ المكانَ بهويتك.

عندما كنتُ صغيرا

حلمتُ بأنّ الله يلعبُ معي الغُميضة

واختفى بعدها

ابن آدم أو البحث اللامنتهي

هل خلقَ الله آدمَ طفلًا صغيرًا ليحبوَ في جنته ويكبر ثم يشب عن الطوق تحتَ رعاية الملائكة وأمامَ صلواتهم؟!

وصلنا إلى أثينا بعد خمسة عشر يومًا من المشي على الأقدام، بين القطع العسكرية والقرى الصغيرة المترامية بين تركيا واليونان، وأقول بأننا وصلنا إلى أثينا لأننا بلعنا اللقمة الأولى من الخوف وانتهينا من تحسس طعمها في أثينا، ولأنّ وصولنا إلى مدينة "إلكساندر بولي" لم يكن وصولًا حقيقيًا، بل كان مرورًا سريعًا مليئًا بالتلفت والتوهم والتوجس، وكل ذلك بسبب تورطنا بتهمة اللجوء، وما يترتب عليه من ترحيلٍ سريع إذا ما لمعت وجوهُنا بسوريّتنا.

انتهى كيلو التمر الذي كنّا نحمله لنقتات عليه في اليوم الرابع، وقد لامني أخي لتركي قطعة البسكوت على حافة شباك غرفتي في إسطنبول قوتًا للعصافير، وأنا لمثُ بدوري الطبيعة، لأنّ الأشجار لم تكن تحمل شيئًا يُذكر لِيُطعمنا خلال المسيرة.

كان يتوجبُ عليّ، كأيّ عابر سبيل قادته الطرق إلى أثينا، أن أمرَّ بالهضبة العالية "أكروبوليس"، وأقف على بوابتها الرئيسية "بروبيليون" لأتفقد إذا ما كانتْ الآلهة هناك، أو أحدها على الأقل، طمعًا بعفو إلهي، أو تكريم رباني بعد رحلة الحج التي انتهيتُ منها توًا، ورغبةً ببعض الأجوبة على كثيرٍ من الأسئلة المعلقة، والتي لم أعثر لها على أي جواب حتى اللحظة.

كان لوننا المُعمّق مناسبًا للمشي بين السيّاح المتواجدين حول المعبد. وبالرغم من أننا مشينا في رحلتنا ليلًا ونمنا في الغابات تحت ظل الأشجار، مختبئين من عين الشمس كما من أعين أي عابرٍ طارئ، فإنني لم أعرف من أين أتت هذه السُمرة الفاحمة؟! ربما كانت خجلًا من

البلدان التي رحَلَتنا، أو التي أساءت معاملتنا، أو أغلبُ الظن بأنه تفحّم في القلب، تسرّب من مسامات جلدتنا ليقول ما لم نستطع أن ننطق به من قبل!

صعدتُ أول ما وصلنا حتى قمة الهضبة، مرورًا فوق عتباتها المهترئة مُتلقفًا أنفاسي بين حين وفين. خلال طريق شديد الميلان، كانت رؤية الأنوار الخافتة التي سوّرت حذافير الطريق حتى نهايته تساعدني في تبين طريقي المعتم، وفي نهاية تلك الطريق تفاجأتُ بأنّ البوابات كانت مغلقة مع أني رأيتُ بأم عيني أنوار المعبد مُنارة، أي فظاظة هذه وأي استرخاء تقبع فيه الآلهة في قمة هضبتهم العتيقة. لم يفتحوا لي البوابات مع أنّهم في الداخل جالسون يسخرون مني، أو لربما يتهامسون على سخافة اعتقادي بأنني سأجد ترحيبا حارا فور وصولي. لم يفتحوا لي وسمعتهم يتهامسون:

"غريبٌ إصرار البشر! هل يجب أن نُطفئ الأنوار ليتصرفوا كما لو أننا لسنا هنا؟ لن نفتح".

غادرتُ إلى "ثيسالونيك" بعد أسبوع واحد من إقامتي في أثينا، وكنتُ، قبل رحيلي، أحدّق كلّ يوم إلى الهضبة العالية فأرى الأضواء مُنارة داخل المعبد، وخيالات الآلهة تتحرك من بين الأعمدة الكبيرة، أسمعُ ضحكاتهم غير المكترثة، المشغولة بتكوير الرؤوس البشرية ودحرجتها من أعلى الهضبة حتى أسفل سهل الحياة. حيث كنتُ في غرفتي الصغيرة البعيدة، بقيتُ أعدّ الأخيلة الإلهية وأمرّر الوقت بالحسرة.

بينما كنت أقطع القسم الثاني من رحلتي رحتُ أفكر فيما كان ليحدث لو أنهم سمحوا لي بدخول المعبد حقًا، لو أن البوابات كانت مفتوحة، لو أنني جلستُ أطرح الأسئلة على الآلهة وأحصد الأجوبة واحدا تلو الآخر، وفي كل مرة كنت أفكر بهذا الاحتمال كنتُ أستمر في المشي مبتعدًا عن اليونان ومتوغلًا في مقدونيا ألحق سكة الحديد كأنها "خط الحياة" المرسوم على راحة يدي. كنتُ أعلم كأيّ بالغ بأنّ الأجوبة للأطفال، يسألونك أشد الأسئلة براءة وغرابة لتجتهد في اختراع ما يناسبهم، ويلائم فهمهم لعالمهم الصغير الكبير جدًا في آن واحد:

"طلبت من الله سيارة حمراء جديدة، لماذا أرسل لي دبابة عوضًا عن ذلك؟"

"لماذا هنغاريا باردة جدًا يا أبي؟".

"لماذا نهربُ منهم مع أنهم يلوّحون لنا بالأعلام السوداء؟ أريد أن ألعب معهم".

"تمنيتُ من الله أخًا ثالثًا، أين اختفى أخي الثاني؟ هل ذهب ليحضر أخانا الجديد ويقوده من يده لكيلا يضلّ الطريق؟".

"هل يتكلم الله اللغة الألمانية أيضًا؟ وهل انتقل كثيرًا بين المدارس واشتاق للكثير من أصدقائه؟".

"هل...؟".

"كيف...؟".

كنتُ أعرف بأنني كبالغ لن أحصلَ على الأجوبة التي أريد، وبأنني سأسعى وراءها طوال حياتي، مع أنني في بعض الأوقات كنت أحسّ بأنني أقف كطفل صغير أمام أخي الذي كان يحاول تمريق الأجوبة بطريقة هزلية مفبركة آملًا بأنني سأكتفي بها.

هل خلق الله آدم بالغًا في جنته ليمشي فيها ويتظلل بوارف ظل أشجارها، ويبني له كوخًا منزويًا يتفكر في جنته الحديثة المتسعة؟

نحنُ حشريون بالفطرة، كان بإمكاننا أن نخرُج من بطون أمهاتنا إلى الجنة مباشرة، دون ترانزيت مؤقت في هذه الحياة، لكننا اخترنا أنْ نبقَى قليلًا هنا ونسأل عما يخطر في بالنا، كأنّ الأجوبة متوفرة وبالمجان.

الجنة هي جواب مفقود لأسئلة يترددُ صداها ولا تنكفئ.

عندما كنتُ طفلًا سمعتُ أبي يقول لأحدهم: " اعلمْ بأنك مفلسٌ عندما تكتفي بالحديث عن الماضي فحسب". ولكني هنا في النمسا لا أملك إلا الذكريات، لغتي ما زالت طفلة صغيرة تنتظر مكافأة أو قطعة سكاكر مع كل جملة صحيحة، وأصدقائي، الذين يُعَدُّون على أصابع

اليدين، مشغولون، بعيدون، مكتئبون أو يكتبون الشعر ولا يأتون إلا إذا وقعتْ على رأسهم قصيدة.

أنا لا أشتكي ولكنني أقول: "الحمد لله بأنني لم أفقد أحد أصابعي في الحرب".

لستُ مفلسًا لكن الماضي جميلٌ أيضًا، تستطيع انتقاء أجمل ما فيه فقط، الأحب إلى قلبك فقط، حتى الماضي الذي لا تستطيع تذكره بحذافيره، يُخيّل لكَ بأنه واحة كبيرة لا تُقدّم إلا الماء العذب، وأنتَ.. عطشان.

في التسعينيات كنا نعيش في المدينة الصغيرة التي لا يتذكرها أحد إلا إذا كان يريد زيارة زنوبيا أو يركب الجمال ويشتري النفط كـ "سوفينير" من إقامته المستشرقة، في تلك التسعينيات كنتُ أعتبر زنوبيا جدّة السياح لذلك يأتون لزيارتها بانتظام للاطمئنان عليها وعلى رأسها، ليس ذلك فحسب، أنا جار زنوبيا لم أرها في حياتي.

في تلك الفترة الذهبية من طفولتي، كنّا نشاهد إعلانات القنوات الأجنبية المتلفزة: "تعالوا إلى أوروبا، جنّة الله على الأرض"

هل رأى آدم تلك الإعلانات من فوق فاعتقد بأنه في المكان الخاطئ!

الجنة هي البحث اللامتناهي عن الذكريات القادمة، ومقابلة هذه الجنة وملامستها بين أصابعك ـ التي لم تخسر إحداها في الحرب لحظ عابر ـ قد تعني زوال القيمة العظيمة المعوّلة على هذه الجنة، قد تعني انتهاء الهدف من هذه الحياة كلها، وسواء أكانت هذه الجنة هي اكتساب معرفة، تفرد بحبٍ، الانتماء لمجتمع جديد ثاني أو الحنين لمجتمع أول قابع تحت الحرب، إذا كانت محاولة في اكتشاف أسرار الحياة أو تحقيق نجاحات لا تضاهيها أي نجاحات أخرى، فإنّ كل ذلك يفقد قيمته لحظة تحقيقه ويبدأ السعي فورًا خلف الجنة التالية.

لا أعرف إذا كان الله قد خلق آدم طفلًا صغيرًا في جنته، فشعر آدم بعد كل تلك الإقامة بشهوة للترحال، أو البحث عن جنة مليئةً بالكتب كتلك التي لطالما حلم بها خورخي بورخيس، أو لربما شعر آدم بالملل والضجر في جنته حيث يفتحُ بابها كل يوم ويعرف تفاصيلها وله في كل زواياها ذكريات طفولة ومغامرات مراهقة؛ فقرر بأنه يحتاج إلى جنة جديدة مجهولة لا يمتلك خريطتها، فيقضي حياته يبحث عنها ويعطي أيامه وصيرورته ووقته هدفًا من البحث والتنازع الداخلي اللامنتهي:

"أيّ من هذي الجنان الجديدة تكفي تلك المساحات الواسعة من الشهوة والرغبة والتردد".

كما أنني لا أعرف إذا كان الله قد خلقه بالغًا تلفتَّ خلفه فلم يجد تاريخًا ضاربًا في النسيان ولم يعرف من هو في قرارة نفسه، فقضى أيامه في جنة لا يعرفها وحرّكته مشاعر الحنين إلى مجهول لا يعرفه، يملأه بمشاعر الألفة والتوازن، شيء ما، كأن يبحث عما يشبهه ويقول:

"هذه هي التي كنتُ أبحث عنها وهنا ينتهي هذا البحث اللامنتهي!".

لا أعرف أيّ واحدة من هاتين الحقيقتين حقيقي، ولكني أعرف بأنني "ابن آدم" وأشعر بشيء يشبه ما شعر به أبي، يوم تركَ جنته وبدأ بالمشي نحو حدود لا يعرف إذا كان سيعود منها، أو إذا كان سيعبرها وتنتهي رحلته على خير.

أنا النطفة التي وصلتُ

لم يكن عندي رغبة بأن أكون أو لا أكون

وددتُ لو كنتُ عابرَ سبيل يُذَكِّرُ في الليالي العابرة

أنا النطفة التي وصلتُ والتي بكثُ على الرفاق الذين ماتوا

وتركوني

وحيدا

حياة الـ "حمد" المنسية

اسمي حمد، وأنا في الأصل من مدينة صُبغثُ دائماً بصفة الريف القاحل، وكل ما يتبع هذه الصفة من قروية وبداوة وترحال وخيم بطابق أو طابقين، وهي النكتة التي كانت الرد المثالي على كل من يسألنا إذا كان لدينا بيوت حجرية وبنايات.

اسمي حمد وأنا من المدينة التي لم يشفع لها أنّ الفرات يمر فيها كالشريان الرئوي لتُنبَذَ فكرة الصحراء عنها، ولم يشفع لها الجسر الذي تعهد بناءه الفرنسيون في عشرينيات القرن الماضي ليقال بأن المدينة قد تلاقت في أحد أيامها مع حضارة أوروبا وتلاقحت مع حداثتها المتفجرة آنذاك، مع أنّ المهندس الذي أشرَفَ على المشروع كان اسمه مسيو "فيفو"، ولا يحتاج المرء لأكثر من هكذا اسم في سلسلة علاقاته الشخصية ليقال عنه على الأقل أنّه رفيع الذوق والمستوى.

ولأنّ فكرة البداوة كانت ملتصقة التصاقاً كاملاً، كان لا بد من الهرب إلى المدن الأخرى، حيث كان كل الشباب يسافرون بين الحين والآخر إلى العاصمة لينزلوا في النُزُل الرخيصة، ويأخذوا ما أمكنهم من شعور التمدن والانتماء إلى المحلات الفخمة والبارات الملونة المبهرجة التي لم يسمح الحظ بأن تتواجد في مدينتهم.

فكرة الدراسة في مدينة أخرى، فكانت رائجة ومحببة كحلم صيف لا يمكن تحقيقه بسهولة. وليكون الوصف مكتملاً، فعليّ أن أذكر واقع خدمة العلم الإلزامية التي يمكن أن يُفرز المجند فيها في أي مكان في الجمهورية ومدنها الواسعة، حيث كان الفرز إلى مدينتي أو من يشبهها من مدن ريفية شرقية تحاذي الصحراء في موقعها أو في توصيفها، تعبيراً واضحاً على أنه عقوبة منزّلة، ودليلاً قاطعاً على أن المجند لا يملك أي معارف شخصية عالية المستوى في الحكومة أو الجيش.

ولأنّ اسمي متأصلٌ في البداوة منذ حَمَلَهُ أعتى الشيوخ وأقسى رجال البادية، كان حديثي عن أي شيء يخص الريف موثوقاً ومعترفاً به، وبشكل بديهي كان عليَّ أن أعرف كل شيء يحصل في ثنايا القرى، أو أسماءها أو السبيل إليها، كأيِّ «حمد» عادي وطبيعي.

كنتُ أسرد غالباً ما أعرفه وما لا أعرفه على مسامع سائلي، فمن الطبيعي أن أعرف أسماء العشائر وشيوخها وكيف تصنع القهوة العربية، وأعرف طعم لحم الجمال وكثافة حليبها، كما يُفترض أنْ أغني "القافية التي تلي" في كل الأغاني الشعبية، مع أنني لم أتفوه بجملة واحدة منها في حياتي.

زرتُ دمشق مرتين، وعشتُ في حلب ست سنوات كاملة، وعندي شارع مفضل في كل منهما، وعاشت مدينتي الريفية فيَّ ثلاثين عاماً وأستمتعُ بالجلوس على الأرض، وأعرفُ أنّ الأصدقاء الحقيقيين هم الذين تستطيع الجلوس أمامهم ومعهم على الأرض، مع أن هذه الوضعية كانت تعدُّ شعبية زيادة عن اللزوم، ولا تناسب الصالونات أو المجالس الحديثة. وبالرغم من تغير المجالس والمدن ومرور الأيام، إلا أنني ما زلتُ أجلس على الأرض كلما استطعت، وأزور المدن وأهرب من الريف ومن الحياة التي قد تناسب اسمي نظرياً وهو ما أريد إخفاءه.

كان من المفهوم جداً أن أتذمر لأبي على هذا الاسم الذي أعطاني إياه، لأواجه بسببه أقسى النكات وأفدح السخرية من الأطفال الذين ربحوا أسماء عصرية مثلهم مثل أي طفل في مدينة عالية جميلة وذات سمعة محببة. وكان تفسير والدي وتبريره بأنّ عليَّ الانتظار قليلاً حتى أكبر، لأصبح الشاب الوحيد الذي يحمل هكذا اسم قديم، وبأنني سأشكره لأنني سأكون الشاب "الكول" الذي يحمل اسماً قديماً، مثل مدينتي التي لم تعرف كيف تشلح عنها قِدمها وتمسح عنها غبار الصحراء.
حدث بالفعل أن شكرتُ والدي في إحدى الزيارات، وقلتُ له بأنني الآن ذلك الشاب الفريد

من نوعه، الذي يدرس في الجامعة ويحمل اسماً لا يحمله أحد غيري من زملائي.

من المريح أن ترتاح لاسمك، ومن المريح أكثر أن تغسل عنك المعاناة بعد عدد من السنوات.

ولكنّ الحياة تعطي وتأخذ، وهذه قاعدة لا بأس بالاقتناع بها في غالب الأوقات، عليكَ فقط أن تتمنى أن تكون دورة العطاء أطول من دورة الأخذ، أو أن تولد في عطاء وتموت في عطاء، وهكذا تكون قد خدعت الحياة وأخذت زيادة.

في خضم الأخذ والعطاء، ها أنا الآن لاجئ تم فرزه إلى الريف النمساوي بعيداً في قرية أصغر من أي مدينة حلمتُ يوماً أن أعيش فيها، لأحاول، كما اقتضت العادة، أن أهرب وأزور مدينتي غراتس وفيينا، لأحسّ بالحياة في شوارعهما ومحلاتهما، وأتضايق من السيارات التي لا تقف لي لأعبر الشارع، وأتضايق أكثر من السيارات التي تقف حتى. كنتُ أقول دائماً إننا منبوذون كلاجئين، أو لاجئون كمنبوذين، ومرميون في الريف البعيد، وبأنّ المجتمع يخاف منا لذلك تم فرزنا في الريف بعيداً عن المدن وعن المجتمع وعن أضواء المحلات وزجاج واجهاتها، وكنتُ أتفهّمُ كيف يستلم اللاجئون قرار إقامتهم ويهربون فوراً إلى المدن الكبيرة دون وداع أو تنهد بسبب الفراق، ودون الالتفات للحظة واحدة إلى الخلف.

لم أعرف حينها إذا ما كان قرار بقائي في القرية يقع في خانة عطاء الحياة أم في خانة أخذها، ولكني بقيتُ وبدأتُ أتصرفُ كأي حمد عادي طبيعي في الريف الذي كان غريباً عليّ، أمشي بين القرى لمسافات طويلة كأي ريفي وأعرفُ أخبار جميع الجيران وأسألُ عما يحدث، من تزوج ومن سافر، ومن ذهب إلى المدينة ولم يحضر لي هدية من هناك، كأي ريفي ينحصر عالمه بين الهضبتين الصغيرتين، اللتين تشرق الشمس من خلف إحداهما وتغرق خلف الثانية.

وكما لا تتشابه المدن ولا تتشابه الأيام ولا أتشابه أنا مع نفسي البارحة، اتضحَ لي بأن الأرياف لا تتشابه. أخذ صديقي النمساوي المتقاعد من مهنة القضاء يروي لي كيف قضى

حياته في المدن الكبيرة، وكيف أنه عاد إلى القرية الصغيرة بعد أن تعبَ وشاب، ليشتري لنفسه بيتاً وسيارة تساعده على التنقل بحرية في الريف ذي المواصلات العامة المتقطعة، وأخذ يدفعني للذهاب إلى المدينة قائلاً إن الريف ليس مناسباً لي الآن، وبأنني لستُ مؤهلاً لسكنه، ولمَحَ لي أكثر من مرة بأن العودة ممكنة إنما بعد عقد أو عقدين، عندما أصبح أباً لعائلة وأطفال فيلزمني حديقةٌ وكثيرٌ من الهدوء والعشب الأخضر، والحيوانات التي أشير لأولادي عليها لأعلّمهم تفاصيل الطبيعة بعيداً عن البنايات الشاهقة ودخان السيارات الوقح.

عقلي لم يحتمل الفكرة لا بالمجمل ولا بالتفاصيل، هل يُعقل أن يكون الريف هنا امتيازاً يجب أن يعمل الانسان ليستحقه، هل يُعقل أن يرى البعض الريف جنةً تأتي كجائزة آخر العمر؟ هل كنّا عمياناً، استقبلونا بعد لجوئنا ووضعونا في أجمل الأرياف الهادئة لنتعافى من الحرب والخسارات وتعب الترحال ونحكي للأشجار والطبيعة البرينة معاناتنا، ويخفّفَ نسيم الصباح العليل من ارتباك أرواحنا المهاجرة!

في ليلة من ليالي المدينة الواسعة لم أستطع النوم، بقيتُ أتقلّبُ من جنب إلى جنب وهذه الفكرةُ تنغص عليَّ سكينتي، ودورةُ عطاء الحياة تنخز خاصرتي لتذكّرني بكم المفاجآت التي تخبئها لي، وبالتفاصيل التي لم أنتبه لها في لحظتها، لأعضَّ أصابعي من الفرحة لأنني كنتُ في مكان يتمنى أغلب الناس أن تنتهي حياتهم إليه.

تمنيتُ لو أنّ الناس أصبحت فجأة كأيّ حمدٍ عاديّ وطبيعي، يعرفون أن الحياة تعطي أكثر مما تأخذ.

الى زوجتي الكريمة المستقبلية:

دخلتُ السجن لثلاث أيام لكنْ اعلمي بأنني سلّمتُ نفسي بمحض إرادتي

غرفة التوقيف اتسعتْ للكثير

على الحائط كتبوا "شام"

تحت النافذة نقشوا

"أمل"

لحية بالمجان

قد تحسدُ أرضٌ جرداء أرضًا معشوشبة على خضرتها ولونها الجميل ووفرة الزرع على
وجهها، فهذه غريزة طبيعية يذهب إليها كل من كان إلا من كان في قرارة نفسه مكتفيًا بما لديه،
ونادرًا ما يحدث الاكتفاء. ولكنني لم أعتقد بأنني سأشهد حسد رجل لرجلٍ آخر على وفرة
اللحية السوداء على وجهه واكتمالها وتغطيتها لكامل خدوده ورقبته.

يبدو أن إسقاطات ومجازات المثل الإنجليزي القائل بأن "العشب أكثر خضرة على الجانب
الآخر" قد تعدّت المعقول لتصل إلى عتبة الغيرة من سواد اللحية، دون فهم ما يتجرعه
صاحبها من تبعات لهذه المصيبة التي كلما حاول التخلص منها نبتت وعادت أكثر قسوة
وخشونة.

هل تتذكر الكاريكاتور الذي يصور كيف أنَّ رجلين يقفان متقابلين وبينهما رقم مرسوم على
الأرض، حيث يرى أحدهما من زاويته الرقم على أنه ستة ويرى الآخر الرقم على أنه تسعة،
ولا يصلان للاتفاق ولا يشاهدان المشهد نفسه؟

هكذا كانت لحيتي بيني وبين صديقي الأوروبي، فكل منّا يرى ما يريده من زاويته، هو يرى
اللحية على أنها الرجولة الكاملة وذروة الجمال الرجولي الذي يشتهيه، وأنا أرى اللحية على
أنها التهمة المرعبة التي لا أستطيع تركها تنمو لتأكل وجهي، وترعب من حولي إذا ما
زادتْ عن حدّها وتوغلتْ في سوادها وفي عدم شرعيتها.

عندما كنتُ في المرحلة الإعدادية كنت أتوق وأنتظر اللحظة التي تبدأ لحيتي بالظهور
والنمو، حتى أنني كنتُ أضع معجون الحلاقة وأمرر الموس على خدودي، كتدريب على ما
يجب أن يكون في المستقبل القريب طقسًا من الطقوس اليومية أو الأسبوعية، ولكنني لم
أتوقع أبدًا أن تقودني الحياة لأتمنى لو كنتُ مصابًا بالثعلبة مثلًا، أو أن تنحرف جيناتي عن

مسار جينات العائلة، الجينات التي قررت في اجتماعها التأسيسي الأول أن تكون حاملة للخشونة ومورّدة للسواد، كثقب أسود يبتلع الألوان والاحترام الإنساني من أول نظرة بلا هوادة ولا كلل أو ملل.

اللحية التي كنت أحلم بها لكي ألتحق بصفوف الرجال، اللحية التي كنت أنتظرها لكي أدخل إلى البارات وأطلب القهوة الإيرلندية دون أن يسخر مني النادل لأنني صغير على هكذا طلب، أو أن يرمقني بشك حتى بعد أن أشهر له هويتي، اللحية التي كانت سوف تجعل الفتيات يحلمن بملمسها أو بخشونتها وبخشونتي، هي اللحية نفسها الآن، التي أحلقها قبل أن أذهب إلى المطار أو إلى مقابلة قاضي اللجوء، أو إلى عرس أوروبي متحضر، لا يحتمل ضغط الدم في عروق فستان العروس الأبيض سواد وجدية لحيتي.

هل صلب المسيح بسبب لحيته الجميلة غيرة وحسدًا؟

هل احتفظوا بجثة جي غيفارا وصوروها لأنه لم يحلق لحيته قبل أن يقبضوا عليه؟

لو كانت لحية بابا نويل سوداء، هل كانت ستدعمه شركة كوكا كولا وتجعله رجلها الأول في موسم الأعياد؟

لماذا كان على الله أن يكون بلحية بيضاء طويلة، ألا تعرف أن البياض هو خليط من الألوان التي تتحرك حول نفسها بسرعة كبيرة؟ لماذا كان الأسود البطيء مكروهًا ومحرومًا من احترام إعاقته المستديمة؟

دعني أخبرك لماذا لم أشتر كلبًا خلال فترة إقامتي في الريف، لأن اللحية حيوان أليف أيضًا، كان عليّ أن آخذه وأتكفل بالترويح عنه في الخارج ثلاث مرات في اليوم، بكل تأكيد إن مسؤولية اللحية كانت كافية لئلا أتحمل مسؤولية كلب آخر.

هل تعرف الفرق بيني وبيني مع لحية؟

أنا جامح طفولي عفوي أستطيع أن أطلب وجبة "هَابّي ميل" من ماكدونالدز فقط لأنني تركتُ لحيتي في البيت. هل تعرفني في الزي الشتوي، موقر محترم أحمل معي كل الأحكام المسبقة التي أنتجها المجتمع، ولا أتفوه بكلمة قبل دراستها ألف مرة ومرة.

كانت غرفة التدخين في مطار لوبيانا صغيرة جدًا، بالكاد تتسع لخمس أشخاص بصعوبة وكان عليّ الانتظار لكي يخرج أحدهم لكي أحشر نفسي وأستمتع بسيجارة قبل إقلاع الطيارة التالية.

مشيتُ إلى آخر المطار الصغير حيث الحاجز الزجاجي الذي يحرسه رجل الشرطة وخلفه غرفة تدخين صغيرة فيها رجل واحد فقط، مما شجعني على السؤال إذا ما كان من الممكن أن أدخن سيجارة في تلك الغرفة قبل رحلتي الوشيكة وكانت الإجابة بالرفض سريعة وبرر بأن الغرفة مخصصة للأشخاص الذين سيتم ترحيلهم بعيدًا عن البلاد لارتكابهم جريمة ما أو لنقص أوراقهم القانونية، ولكنني لإدماني ولحكة في الجلد نتيجة لنقص النيكوتين في الدم كررتُ طلبي فنظر إليَّ من فوق إلى تحت وركَّزَ على لحيتي الكثَّة التي لم أحلقها كما اقتضت العادة قبل أن أذهب إلى المطار هذه المرة.

فتح الشرطي الباب الزجاجي وعلى وجهه ابتسامة عريضة هامسًا بأن لحيتي تكسبني صلاحيات لا يحصل عليها غيري من المسافرين الحليقين.

اختليتُ بنفسي مع الشاب الذي سيتم ترحيله بعد قليل وعلى وجهي ابتسامة عريضة، أدخن سيجارتي الرفيعة وأرمق الأوروبيين الشقر قليلي اللحية الذين ما زالوا ينتظرون خروج أحد المدخنين في الغرفة الأخرى..

نعم، قد تحسد أرض جرداء أرضًا ثانية لكثرة العشب على وجهها، ولكنها ستحسدها أكثر لو كانت تريد أن تدخن سيجارة ومُنعتْ من ذلك لأنها تبدو صغيرة ولا ترتقي لمرتبة الرجال الكبار الملتحين المحكوم عليهم بالترحيل بعد الانتهاء من التدخين.

حزينٌ على هذا العالم وفرحٌ لأنني جزء منه

بيتُ "ويكيبيديا" لي

مثلي مثلكم تقريبًا، أطرق باب ويكيبيديا كل يوم لترحب بي العجوز مكررةً على مسامعي كأي ضيف عابر: "صدرُ البيت لك والعتبة لنا"، وأتبعُها مبتسمًا نافيًا ما تقوله، كأي ضيف خجول من حرارة الترحاب. نتبادل، أنا وهي، أطراف الحديث سريعًا لتعرف مني ما أحتاجه فورًا وتذهب لتنبش العجوز ما أريده منها من معلوماتٍ وتفرده أمامي على الطاولة، الطاولة المقابلة لصدر البيت تمامًا.

تذكرني ويكيبيديا بجدتي رحمها الله، لديها كل شيء ولا تخجل من ذكر ذلك، لا تتكلم معي بشكل مباشر إنما تتركني مستفردًا بما أريده على الطاولة وتتكلم مع نفسها لتشير بطريقة فريدة إلى الموجود وغير الموجود، حتى ولو كان ذلك روابط فارغة، أو حافظات زجاجية عليها الغبار ومُعَلَّمَة بصقاتٍ كُتب عليه بلغات مختلفة أسماء ما كان فيها، أو أسماء ما سيملأها لاحقًا.

اعتدتُ ألا أسأل ويكيبيديا في الليل المتأخر، واعتدتُ ألا أسألها دون أنْ أستأذن العم غوغل أولًا، فهو يجلس دائمًا بالقرب من الباب الأمامي وعلى مرمى حجر منه، فإذا لم يُشر لي بسببته إلى باب العجوز فإني أكمل وأمضي في طريقي، الشيء الذي لم يحدث إلا فيما ندر.

حصلَ مرة أنْ فتحتُ الباب دون استئذان أو "دستور" فكانت الطامة الكبرى، حيث كانت ويكيبيديا متكئة على الكرسي تحلم غالبًا بأيام شبابها الخوالي. استفاقت على صوت تكتكة خطواتي في رواق بيتها ولم تدرك بأنني "أنا" من الوهلة الأولى، فركتْ أذني وألقتْ على

٣٥

مسمعي كلمات لاذعة عن التربية الرديئة التي نشأتُ عليها. لذلك، ألتزم بطرق الباب منذ تلك الحادثة، وأُخجل، وكأن تكون متعبة من تنظيف الرفوف والروابط والتأكد الروتيني الذي تفعله كأي عجوز لا تكل ولا تمل، كل يوم تحوم لتطمئن من أنّ الذي على الرفوف ينتمي إلى الرفوف حقًّا تفاديًا لأي خطأ فادح قد يهز حفيظة من يطرقون بابها، مثلي كل يوم.

لأجل علاقتنا الطويلة، بعيدًا عن ذلك الموقف العارض والمحرج، عرضتْ عليّ أكثر من مرة أن تخصص لي حافظة زجاجية عليها اسمي ولكني رفضتُ، خجلًا، فما أنا إلا بزائر عابر وإن كنت أطرق الباب كل يوم. وبالإضافة إلى أنني أملك "قطرميزاتي" الخاصة، ولا أحتاج لأنْ أرمي بثقلي على العجوز الدؤوبة، ولا أريد أن أفرّط أو أنشر تفاصيلي الخاصة أيضًا خوفًا من أن يطرق بابي أحدهم يومًا فلا أجد ما أفرده أمامه وأملأ سواد عينه.

هل قلتُ "مثلي مثلكم"؟ أعتذر، فمثلي ليس مثلكم.

ضاقت الحال بالعجوز ويكيبيديا منذ فترة، فأرسلتُ لي خادمتها وحافظة سرها "كاثرين مار" رسالة بأنني ما زلتُ موقع ترحيب، ولكن "الحاجَة" تحتاج لترميم بعض الزوايا في البيت مترف الاتساع، مذكرة إياي بأنّها وحيدة لا تعتمد على أحد في حياتها سوى ما يتركه الزوار بعد كل زيارة، أو جلسة نصح وإرشاد، وبأنها سوف تكون سعيدة بتبرع صغير مني كُرمى للزيارات غير المعدودة التي قمتُ بها بالفعل، ولم أرجع خائبًا أبدًا في نهايتها.

لم أتردد كثيرًا، قمتُ بتعبئة الاستمارات اللازمة وتوقيع الأوراق المطلوبة لتحويل مبلغ قدره اثنين يورو من حسابي إلى حسابها، فويكيبيديا مسؤولة مني وأنا لا أهمل مسؤولياتي كأيّ "مِثلٍ ليس بمثله أحد"، وإن كنتُ لاجئًا يشبهني الكثير في التوصيف والخانة. أرسلتُ بالفعل الحوالة ثم ألحقتها ببطاقة مكتوب عليها: "تقبلي مني هذه الهدية، وسألحقُكِ بغيرها إنْ توفر لدي من المال ما يكفي. ابنك الفضولي المخلص، حمد".

نمتُ في تلك الليلة مرتاحًا جدًا وأنا أدرك بأنّ بيت العجوز سيبقى مفتوحًا كما عهدته. لا أشك بأنّ المبلغ الذي أرسلتُه قلبَ كفة الميزان، وخفّفَ مشكلة العجوز "ويكي"، كما أنني لا أشك بأنني سأحصل على نصيبي من دعاء الزوار.

أنا من المقربين الآن الذين ينادونها "الحاجّة ويكي" أخبركم لكي تعرفوا بأنّ "مِثلي ليس مثلكم".

أنا كما يقول المثل "أصبحت من أهل البيت"، ومنذُ ذلك الحين تفتحُ لي الباب وترمي بما أريده من أشياء وروابط وقصص أمامي فأتأبطُ ما يحلو لي وأجلس على العتبة مرتاحًا، كأيّ صاحب بيت، أقرأ وأنظر إلى العم غوغل الذي يشير لبعض الضيوف بالدخول، ويشير لبعضهم الآخر بالاستمرار في طريقهم، فما يسعون إليه ليس متوفرًا الآن.

سأتبرعُ بجثتي للطلاب

فقط لأترك لهم على طاولة المشرحة بعضَ الحقيقة

ليكتشفوها

متكومة على سطح طاولة الستانلس ستيل

بعد أن يحملوني في كيس أسود

إلى حاوية القمامة

تاريخي الملبوس

تحدّاني صديقي أن أكتب نصاً إيروتيكياً، أصِفُ فيه الجسد وأبحثُ في تفاصيله، ثم أعرّجُ على الجسد الأنثوي لأتلمّسَ خفاياه وما سيُكشَفُ لي إذا اختليتُ به على الورق. تحدٍّ كهذا لا بدّ أنْ يربكني، أنا الذي لم أكتب أبداً عن جسدي أو عن أي جسد آخر. لربما سقطتْ بعض القُبَل هنا أو هناك فيما كتبتُه سابقاً، أو حفنةٌ من كلماتِ الـ «أحبُّكِ» فحسب.

الموضوعُ أعمق من ذلك وله جذور ضاربة في الشخصية، تلكَ التي أكتشفُها مع مرور الزمن، ولكنّ الاكتشاف وحده ليس ما نتمناه عندما تقف أمام تحديات أو امتحانات كهذه، إنما تشذيب هذه العروق لتصبح ذات قالب معروف ومدروس، أو لتمسي على الأقل بنيةً معقّدة مفهومة ومرئية.

علّي أن أخبرك بأنني لا أمتلك من طفولتي سوى ثلاث صور فوتوغرافية، ويبدو أن أهلي كانوا منشغلين عن توثيق طفولتنا، أو لربما امتلكوا صوراً كثيرة، لكنّ ترحيلهم من الجزائر عند اندلاع الحرب الأهلية هناك، أجبرهم على ترك كل شيء خلفهم.

لم أسأل أبداً ما إذا تواجدت ألبومات لطفولتنا، وفضّلتُ عدم معرفة الجواب. هذا يعني أنني حُرمتُ الإحراجَ الحاصل من مشاهدة الأصدقاء أو العائلة لصور جسدي العاري، وأنا أستحمّ أو أهرب من أمي حينما تريد تبديل ملابسي، وعليه، فأنا محروم من الإحراجات التي قد تكون مُحرّرةً بشكل من الأشكال.

في إحدى هذه الصور نقفُ، الأخوة الثلاثة، في أحد الأعياد مرتدين أطقم الجينز المتشابهة في درجة اللون، وكأنّ العيد هو حصول أبي على سعر خاص لهذه الصفقة المهولة، وحصولنا على هذه الذكرى الطفولية المضحكة، دون أي تميّز أو تمييز يُثير عند المشاهد

أيّ حسٍّ أو قدرةٍ على أن يفرّق بيننا، كأننا مجموعة طلاب مثابرين يفضّلون أبداً ظهورهم بزيّهم الموحّد.

اعتياديٌّ جداً إذن، بدلةٌ كلاسيكية للعمل في تركيا، بنطال جينز لرحلة التهريب، وشورت أسود للخروج من الكامب في حال الخروج من زيارة رسمية.

الأماكن تفرض عليك ما تتذكره من الأماكن الأخرى، فبعد الطريق الطويلة والتحولات الكثيرة، ها أنا الآن في بورغنلاند حيث ذكريات بعيدة حاضرةٌ دائماً، لذلك، تحت درجات الحرارة العالية نسبياً في الصيف، وانطلاقاً من هذه الاعتيادية النمطية المتجذرة بعد أن أصبحتُ رجلاً، تستطيعُ أن تتخيل عدم ذهابي بشورت لزيارة صديقي الستينيّ بتاريخه المهيب كقاضٍ متقاعد، أو المرور بجارتي الآنسة النشيطة، الستينية أيضاً، التي تخطط يومها وفقاً لأعراف وبروتوكولات مجتمعها.

أعرفُ أنني رجلٌ الآن، ولكنني رجلٌ مؤهلٌ للاستماع للكبار فحسب، هكذا تعودتُ في سوريا، الكبارُ الكبارُ يُعلّمون الكبار الصغارْ، حتى يجيء الوقت الذي يصبح فيه الكبارُ الصغار في قمة السلسلة الغذائية، فيأتي دورهم للحديث وتعليم من هم بعدهم.

عليكَ أن تهزّ برأسِك مُصغياً دائماً دون أن تعارض أو تضيف إلى حكمة الكبار ما تعتقدُ بأنَك اختبرته في حياتِك القصيرة، وإذا كنتَ تريد الحديث ولا بدَّ، فعليك أن تبحث عن رجل أصغر منكَ ليستمع إليك، وهكذا...

معضلةٌ حقيقية، ولكن أحد الأسباب المحتملة هو ما حدث في يوم من الأيام: كنا نجلس كما تعودنا في سوريا أمام المخبز الذي يمتلكه والدي، نحيي المارة ونستقبل الزبائن والزوار، فما كان إلا أن التفتَ إليَّ أبي وقال دون أن ينتظر مني بطبيعة الحال أن أعارضه:

"لقد أصبحتَ رجلاً، وليس من اللائق الجلوس أمام الكبار أو معهم مرتدياً الشورت القصير، من الأفضل لكَ ارتداء البنطال من الآن فصاعداً".

لربما كانت هذه وسيلته لإبلاغي بأنني بلغتُ مرتبة الرجال، وأن هناك بعض الأشياء التي تفرّقني عن الأطفال، وتحرمني المسموحَ لهم.

اعتياديٌّ جداً إذن ألّا أكتبَ عن الجسد، لأنني حتى عندما أجلس وحدي لأكتب بأنني أتخيل بأنني جالس مع الكبار وبينهم أيضاً، موعدٌ رسميٌّ للكتابة وللقراءة، ولا يصح ارتداء الشورت لمثل هذه المواعيد.

لو أنّ والدي لم يقل شيئاً من ذلك القبيل لربما تغيرتْ حياتي كلها.

لا عليك..

أعرفُ أنّ كل انسان يُغيّرُ حياته بيديه، يعيد كلٌّ منّا بعد فترة من الزمن النظر في كل شيء؛ النصائح العائلية، العادات والتقاليد، حتى الملابس في الخزانة. يوماً ما، ستُفتح كل الخزائن وتقرر ما يناسب وما لا يناسب، حتى أنك ستكسر حاجز القلق وتسأل صديقك المهيب الستيني بصراحة: "هل من الممكن أن أزوركَ الموعد القادم بشورت وحذاء رياضي، هل مقبولٌ إذا تجرأتُ على ذلك".

سيَسمَحُ لك بالطبع بفعل ما تريد، أنت في القرن الحادي والعشرين وفي النمسا، ولست في سوريا بعد الآن، وإن كان الصديق ذاته سيعترف بأنه ينتمي إلى الجيل القديم بتربيته الكاثوليكية الصارمة، وبأن موروثه في خزائنه من عادات وتقاليد يمنعه من ارتداء الشورت، وإن تعذّرَ بشكل ساقيه النحيلتين المُخجل.

لربما تذهب إلى ما أبعد من ذلك، فترتدي بنطالاً قصيراً قليلاً، لأن الموضة الدارجة ترتئي ذلك، وأنت مستعد للتغيير، ولترتيب خجلك بشكل يناسب ثورتك الداخلية العظيمة.

هل انتبهتَ إلى أنك تستطيع أن تسأل صديقك الستينيّ وتستشيره! وبأنه سيستمعُ لك تحكي عن تجاربك التي خُضتَها في حياتك القصيرة. هل انتبهتَ إلى أن السلسلة الغذائية هنا تمتد بشكل أفقي وليس عمودياً! وأنك تستطيع أن تنادي أصدقاءك الكبار بأسمائهم الأولى، وليس بواسطة كلمات مثل العم، الأستاذ أو لربما بو فلان كما تعوّدتَ لفترة وجيزة قبل مغادرتك البلاد.

كلّ الأشياء الجميلة تبدأ بتفريغ الخزائن وترتيبها من جديد، ولكن دعنا لا نذهب بعيداً ونشطح بترتيباتنا المفاجئة لنصل إلى السباحة من دون ملابس، فهنا تنغلق تلك النافذة الصغيرة المطلّة على الطفولة، ولا يمكن لأمك أن تتعذّرَ أو تبتسم أمام الناس بعد الآن بأنك صغيرٌ

وبريءٌ ومعذور.

هل نسيتَ ما قاله أبي عن أن الشورت غير مناسب للجلوس للكبار بين الكبار، تخيّل إذن ما كان سيقوله عن اختفاء الشورت مرة واحدة بين الكبار.

بالتأكيد أؤمنُ بالجاذبية وبأن كل شيء يعلو لا بدّ أن يسقط في النهاية، وأن أوراق الأشجار تتساقط تحت تأثير ثقلها لحظة انفصالها، ولكني أعتقد بأن الأوراق تتساقط أيضاً كلما مرَّ من تحتها جسد عارٍ كتنبيه أو إشارة أنْ: "تستّر ولا تحرج نفسكَ والآخرين بتلك الأشياء المتدلية رغم جاذبيتها".

بشكل مشابه بعض الشيء، كان عليَّ أن أقف ليلاً في ممر سكني المشترك، كحراسة رئاسية محاولاً ألّا ألفتَ الأنظار، وهو ما يفسّرُ تصببي عرقاً من الداخل، خوفاً من أن يخرج أحدهم من الغرف الأخرى، ويشاهد صديقتي التي تتمشى بكل اعتيادية على رؤوس أصابع قدميها وكنزتها لا تغطي ثلث مؤخرتها، لتصل إلى الحمام، وكأن الممر فجأة أصبح من مَرَافِق شاطئ العراة، الذي اتفقنا قبل قليل بأن والدي لم يوافق عليه كخط أحمر يفصل بين الأطفال والبالغين.

لنضع تلك الليلة في خزانة الأشياء غير الاعتيادية ولنكمل يومنا بسلام.

لا أحاول أن أعتدي على تاريخ أحدهم، ولكنني أعتقد أن كلّاً منّا يرتب خزائنه بشكل مستقلّ، وبعض الخزن تستحق ترتيباً أنيقاً وتعييراً دقيقاً لا ينفجر في وجه أحدهم يوماً ما، فتسقط أوراق الأشجار لتشير: "تستّر ولا تحرج نفسك، هذه الحياة موعد رسميّ يَحتمِلُ كمَّاً مدروساً من عفوية الأطفال المبررة، ليس أكثر من ذلك".

أستطيعُ أن أكرهك وأنا أقشر برتقالة
ببساطة جدا، وأنا على ظهر هذه الحياة البرية بشكل يشبه "الرُوديو"
كأن أتذكر أماكن شاماتِك بسهولة جدا
رغم كثرتها

أستطيع أن أقول اسمكِ أكثر من مرة في اليوم
دون أن تطرق شمسٌ بابَ بيتي
وأن أشرب كأس الحليب وأنام مبكرا
دون أن أنتظر رسائلك الغارقة بعطر الغيرة المحببة

أستطيع أن أكرهك
بسهولة
وأنا أقشّر برتقالة وأجرح أحد أصابعي
دون أن أهتم بالدم الذي أصبح حامضا منذ أن تغيرت كيمياء جسدينا وتبخرنا من هناك
وهطلنا في مكان خطأ

جينة اللجوء المُعدية

لن نختلف، اللجوء جينة تنتقلُ من جيل إلى آخر في العائلة، كأيّ علامة فارقة على الجسد؛ عيون بنية، وحمة على الخاصرة وعلى تجاعيد الجبين سَنَةُ اللجوء. ونسبة استحقاقك لهذه الجينة، حالَ تواجدها في شجرة العائلة، أكبر من نسبة انتهائك بالروماتيزم، السكري، الصلع أو بسرطان الثدي حتى؛ الذي كنتُ أسمع عنه عادة في الأفلام الأجنبية فقط. اللجوء ـ في حال كُتبَ عليك ـ شيء مؤكد كاستحقاق الضرائب أو كالوقوع في الحب.

انظر لحالنا، نحن العائلة المثال، انتهى الحال بالأخ الأكبر والأصغر أن يخسروا شعرهم، فقط لأنّ الأخوال يعانون من قلة الشعر، بينما ربح الأخ الأوسط جائزة أن يكون وريث الأب في كثرة الشعر وغزارته، ولكن في الوقت نفسه، انتهى الحال بنا نحن الأخوة كلنا أن نكون لاجئين، فقط لأنّ أمنا لاجئة فلسطينية، تعلمنا من رؤيتها ومعاشرتها أنّ اللجوء علامة تسِمُ الظهرَ لأجيال، حتى بعد سبعين سنة.

لا أعرفُ إن كانت اللغة العربية أو الألمانية أو اللغات الأخرى تحتمل هكذا صورة، ولكن استقرار النطفة في رحم أمي كان بداية لجوئنا وكامبنا المبدئي، وإنْ كان هذا الكامب على وجه الخصوص دافئًا وحنونًا على غير ما ستجلبه الحياة علينا في الكامبات اللاحقة.

لن نختلف، دعني أخبرك بأن إيماني بوجود جينة اللجوء داخلي هي حقيقتي المطلقة التي سأتمسكُ بها على ما يبدو لفترة طويلة، ولكن ليس هذا هو المهم، المهم هو واجبي ورغبتي في جعلكَ تدركُ الفرق بين الذين عاشروا اللاجئين والذين أصبحوا على حقيقة لجوئهم دون أي معاشرة واختلاط سابق يُعلمهم كيف يُخفَفُ المصاب.

٤٤

الموضوع مهم لك، فإذا أمسيتَ الآن لاجئًا فإنكَ تحاول كأعمى برغم ارتباكك تَلْمُسَ وجهكَ وجسدك برؤوس أصابعك للتعرف على ما حلّ بك بعد أن وقع على رأسك هذا التغيير المفاجئ، وإذا كنتَ غريبا عن هذه الجينات وأهلها ولكنك تعاشر اللاجئين الآن فأنتَ معرض في أي لحظة لغزوة مخلب هذا الجين الخبيث. لذلك يجب أن أشرح لك بأن اللجوء تغييرٌ كأيّ تغييرٍ آخر، وليس مختلفًا كثيرًا عن تَغيّر بسيط في درجة الحرارة أو كسوف الشمس العظيم، يُفضَّلُ التجهيز لكليهما وفهم بارامتراتهما وتبعاتهما.

إن كنتَ تعتقد للحظة بأنّ الغربَ يخافُ من الهاربين من الشرق لأنهم يأخذون مساعدات لجوء أو معونات اندماج ريثما ينغمسون في المجتمع، أو لأنهم يسببون أزمة سكن أو تضارب نفسي في التعايش مع مجموعات جديدة لم يألفوها في جوارهم أو التوافق بين الثقافات المختلفة، فأنتَ مخطئ جدًا، أعتقد بأنهم يخافون من تغلغل جينة اللجوء في المجتمع وتناقلها رويدًا رويدًا وتفشي آثارها السلبية في عقول ذوي البسبورات الأصلية وحينها لن يتمكن ألف اندماج أن يُصلّح ما انكسر.

هل سنختلفُ إن قلتُ لك بأن الأسلمة، تبعًا لحقيقتي المرحلية، هي أن يتعود ذوو البسبورات الأصلية على الأكل بأيدهم وأن يكرهوا كل الأشياء التي يحبوها وتستهويهم الآن. الأسلمة هي أن يتعود الغرب على إعطاء أولوية الجلوس للنساء وينسون المساواة و"الفيمينيزم"، أو أن تتغلغل مقولة "إن شاء الله" إلى معجم قواميسهم وأجنداتهم فتضيع المواعيد الدقيقة وتتخلخل الدعوات واللقاءات.
الخوف من الأسلمة في أوربا ليس خوفا من الأسلمة فحسب إنما هو فزعٌ من تعريب العادات والتقاليد، لأن حرية الاعتقاد هي أحد محاور أوروبا الأساسية، أما حرية التعريب فهي خط أحمر لم يتخطوه بعد.
في سوريا لم يكن لأخوالي اللاجئين حق التملك فكانوا يسجلون كل شيء باسم زوجاتهم السوريات.

هل يمكنك أن تتخيل موقف أولاد أخوالي وهم يَعْلَمُونَ أنّ أُمهم تملك كل شيء، وأنّ والدهم الفلسطيني لا يحق له ببساطة أنْ يتملك السيارة التي عمل من أجل تجميع ثمنها!

كان أخي في بعض الأحيان يصيح بأعلى صوته عندما كنتُ أنام في غرفته أو أستخدم أشياءه الخاصة فينادي عليّ: "قم يا بن اللاجئة". لا بدّ وأنّ مُزاح أخي كان مضحكًا ولكن إدراك الحقيقة في تلك النكتة وفهم جذورها كان مهمًّا جدًا لنا.

هل تستطيع تخيل مفاجأة الذين لم يمروا مرّة واحدة في حياتهم من مخيمات الفلسطينيين حتى لحظة دق نفير اللجوء ولم يستعدوا لأن يصبحوا بين ليلة وضُحاها مثل جيرانهم الذين لم يتعلموا منهم شيئا يُفيدُهم في رحلتهم القادمة؟!

لم أكن بحاجة لأن أتفاجأ، أو لأن أستغرب من حقيقة أن حقائبنا جاهزة، كأنّ أمي كانت تنظف البيت، فأغلقنا الباب وسلمنا المفاتيح لصاحب البيت ثم ذهبنا حيث لا رجعة. نحن المصابون بهذه الجينة مميزون بعض الشيء، وكأحد أعراضها، نميّز التغيير ونتآلف معه حتى قبل حدوثه، أو دون الحاجة لمتابعته حتى لمتابعته عن كثب بعيون مفتوحة وحواس متنبهة.

في كل مرة أشتري شيئا ما من محل الأشياء المستخدمة، تواجهني هذه الأسئلة بصعوبة:

"ما هي جينات صاحبه القديم؟".

"هل نام ليلة في مخيم أو خيمة وتعربشث وتعربشث على روحه لعنةُ تآلفِ الترحال فاستفاق وضلّ يمشي حتى وصل قارعة الطريق فجاع ومنذ تعوّدَ اللعنة وتآلف معها باع أشياءه ومضى بعيدًا؟".

"هل أخبرته أمه كيف كانت عيونه خضراء لحظة ولادته، ولكنها انقلبْت معتمة بعد أسبوع كخريطة مستقبله لأن جينة اللجوء لها اليد العليا والمكانة الأكبر في الروح وفي الجسد؟".

"هل سألوه عن هويته؟ فعدّ كل الهويات التي لا يمتلكها وكل الأشياء التي يكرها وعدّ النهايات التي يحاول تجنبها ولم يعرف من هو إلا كرقم متحرك في سجلات الهجرة واللجوء"!

لربما كان ذلك سبب عدم رغبتي في بيع أغراضي القديمة لمحال الأنتيكات، فأنا أعرف بأنّ الأشياء تحمل قصص أصحابها وتستنشق جينات أصحابها أيضًا، ومن السهل انتقال العدوى من معطف لاجئ عبَرَ به الحدود وتشرّبَ المطر والأذى وماء الترحال.

أعرفُ بأن الأمهات يحاولن الامتناع عن الكحول والتدخين والأكل المضر والزعل خلال حبلهن، وأعرف بأن الأسطورة تحثُّ على دفن حبل سُرّة الوليد الحديث، في الأماكن العظيمة أو تحت عتبات البيوت الجميلة في أرضه الأم، لكيلا يفقد اتصاله مع وطنه ولكي يعززوا فرصه بمستقبل مشابه لأصحاب تلك البيوت الجميلة، ولكن كل هذا لن يَحُول دونَ توريثِ جينة اللجوء للأولاد بعدَ وقوع الحرب فيُنظفنَّ البيتَ ويُسلمْنَّ المفاتيح ويرحلنّ بعيدًا، يتلمسنّ خريطةً مُعتمة.

سنعود

لربما بعد سنوات

من المنافي والملاجئ

حاملين أوراق ثبوتية وعيون زرقاء لم نألفها

وابتسامات وجنسيات غريبة مختلفة

سنشلحُ كل شيء عنا على باب سوريتنا

بِسْم الأب الذِي أرسلنا الى المنافي لكيلا نموت

بِسْم الأم التي ولدتنا مجروحين في الحناجر

سنعود

كطفل رمى هدايا الغرباء الفاخرة وعاد ليلعب بالتراب

على ضفة ساقية

مدافعو المُدنِ الحقيقيون

بالتأكيد لا تشبه الشام حلب، ودير الزور ليست كالسابقتين وبريقها ليسَ كبريقهن، ولربما لم أعترف بذلك من قبل ولم أحب أبدا أن تُقرَ عليّ إحداهنّ، أني لا أشبهني في كل هذه المدن، ولكنّ، ها أنا أنتقل من مدينة إلى أختها إلى ابنة عمها، وأختلفُ كيفما شاءت الشوارع والبيوت والمرايا وأهلهنّ.

لستُ أنا الوحيد الذي يختلف ويتخالف، فمحلاتُ الكحول أيضًا، تقلُّ وتكثر بحسب مزاج كل مدينة وبحسب تربيتها المنزلية ونصائح الأمهات المسنّات.

إذا كان مزاجُك معكرًا أو يتملككَ القليل من اليأس، يمكنكَ أن تغسل يديك قبل أنْ تُكمل القراءة، لقد قرأتُ في مجلة شبه موثوقة أنّ غسل اليدين يعدّل المزاج ويحسن من الحالة النفسية، حتى لمن هم على وشك الانتحار، تخيل كم من الناس كانوا قادرين على تجنّب الاستسلام للموت لو أنهم فقط غسلوا أيديهم.

لو لم تكن الماء مقطوعة في الشام أو حلب أو دير الزور أو الغوطة، لكان الكثير من السوريين على قيد الحياة الآن رغم القنابل والكيماوي.

تخيّل لو أن الديكتاتور غسل يديه قبل أن يأمر ببدء المعركة، ولكن الديكتاتور لا يغسل يديه وهذه حقيقة إنسانية وثّقها الذين دخلوا على هتلر في مخبئه، حيث وجدوه متسخ اليدين وعلى صدغه بقايا البارود الوسخ.

دعنا من المزاج العكر والكيماوي، أنا متأكد أن يديك نظيفتان ولستُ "هنا" بصدد إخبارك عما يحدث "هناك" فأنتَ تعرف كل شيء من التلفاز، المحافظ، والحزب الذي يُسيطر على الإعلام في بلدك، بالإضافة إلى أنك متخم بالذكريات، وهناك الكثير من المدن التي عبرتَها، ومتأكد من وجود الكثير من المدن التي عبرتكَ واستعبرتك.

صحيح أنني من مكان بعيد ومن ثقافة مختلفة ولكنني مثلك تمامًا أعرف كيف أتفحص الشارع قبل أن أقطعه، وأعرف أننا كلينا نقطع الشارع أحيانًا عندما تكون الإشارة حمراء، فقط لأن الشارع خالٍ من السيارات، وأعرف أن كل شيء يملك نقيضًا له، أنا مثلك أعرف أن نقيض النور العتمة، ونقيض الشبع الجوع، ونقيض الحياة الموت، وأعرف أن وثيقة السفر الخاصة بي هي نقيض جواز سفرك الجميل، ولكنّي لم أتوقع أن المدينة لها نقيض أيضًا، أو على الأقل لم أتوقع أنني سوف أختبر التناقض بنفسي وبشكل مباشر.

عندما ترى البرقع الأسود تتخيل البيكيني الأبيض، عندما ترى تركيا تتخيل جميل تتخيل أوربياً بذقن لامعة، وعندما تراني بشعري الأسود الأشعث وملابسي الرثة تتخيل أينشتاين بشعره الأشعث الأبيض المتطاير، أو لربما نابليون العظيم فوق حصانه الأبيض.

أنا نقيضك بحسب الميديا والمحافظ والتلفاز.

ألا تعتقد بأني نقيضك ومُكملك أيضًا؟

أسألكَ لأنك تَغفُلُ ويحتلّ عقلك ما تراه أمامك، فهل شرد عقلك وخطرت على بالك مكّة أو الفاتيكان عندما زرتَ أمستردام؟!

مذ تركتُ مدينتي اكتسبتُ قوة خارقة، أعتقد بأنها مناسبة لتكون ضمن أحد أفلام هوليوود في الصيف القادم، حيث أنني أستطيع أن أتكلم عن أي مدينة أريد ولا حاجة لأن أزورها أو أضع قدمًا فيها.

أنا لاجئ وأستطيع أن أتخيل حالة اللجوء في أي حارة أو على أي جبل، أتريدني أن أحدثك عن تجربة اللجوء في برشلونة؟

أفتحُ ويكيبيديا وأعرف لغة المدينة وأتخيل معاناتي في تعلّمها، ثم أقرأ أحد الكتّاب المشهورين فيها، وأتخيل نفسي أخطئ في التصرف أمام شخوص القصص، وكيف سيشيرون عليّ بنباهة كيف أستطيع أن أندمج بأسرع وقت ممكن، كأي وصفة لخسارة بعض الوزن، أو كيف تتعلم الإقناع بمهارات الجواسيس الأسطورية في خمسة أيام....

أشفق على الذين ما زالوا يعيشون في أوطانهم، يدفعون ما فتح وما رزق ليعرفوا كيف يكون

شعور الحضارات الأخرى، كيف تُرن اللغات الأخرى، كيف يختلف طعم الفلفل وتختلف مشية النساء وملمس الابتسامة ولون العرق.

أستطيع أن آخذك إلى كل المدن، فقط لأنني لا أستطيع الذهاب إلى مدينتي.

لا أحاول التباهي لا سمح الله، لكنك تعرف أن لكل مدينة هواتها وزوّارها وحُمَاتها حتى، ففي ساحة المكتبة الوطنية في فيينا مثلاً هناك حارسان يعتليان سرج حصانيهما مقابل بعضهما، وفي سوريا في كل ساحة تمثال لأحد مدافعيها ولكن ظل تمثال الأسد يغطي الساحات بكل الأحوال، كما فعل هتلر عندما غطى ظله المدافعين فصهلت الأحصنة وسكت العالم.

لكن ما فائدة المدافعين إن لم يكن بمقدورهم أن يفعلوا شيئًا أو أن يحركوا ساكناً، هناك ملايين المدافعين عن الإنسانية، ولكنها تموت، وظلُّ الموت يمتص بياضها ويطفئ وهجها.

العشاق هم المدافعون الحقيقيون، يحتفظون بالإنسانية في ضميرهم الحي، في ذكرياتهم، أو... أو يقتلون مئتين وستة وعشرين ألف مواطن وجندي في سبيل إنقاذ المكان الذي قبّلوا فيه نصفهم الآخر أو عشيقاتهم أو زوجاتهم، كما تقتضي الأسطورة.

هنري ل. ستيمسون، وزير الدفاع الأمريكي، قضى شهر العسل في مدينة "كيوتو" وشربَ من "ساكيها" وانحنى لأعيانها ولشحاذيها، ولابد وأن زوجته امتدحت جمال لون عينيه وتوافقه مع أزهار الكرز في الخلفية.

المدافع الحديدي ستيمسون أو دعنا ندعوه "شمشون" لما تقتضيه هذه الحكاية، حذفَ اسم مدينته المفضلة من قائمة المدن التي قد تكون مستقرًّا للقنبلة النووية ووضع "ناجازاكي" بدلاً منها.

الإنسانية في أسمى أشكالها، إنقاذ المدينة التي تعنيك حتى لو كان ذلك على حساب مدينة أخرى، حتى لو كان ذلك على حساب اندثار كل مشروبات العالم، كل أشجار الكرز في العالم.

لم أقض شهر العسل في إحدى المدن بعد، ولكني أتساءل لماذا كانت زيارات رؤساء العالم

ووزرائه إلى مدينتي رسمية؟ هل حلفَتْ الحكومة عليهم بأنْ يغادروا فورًا بعد انتهاء مهماتهم وزياراتهم وعدم قضاء أي وقت شخصي في الشوارع والحارات؟ لربما كانوا سيحصلون على ضيافة من محل أو عربة في الشارع ويشعرون بأنهم مدينون لهذه المدينة بشيء من الحنين أو الحنيّة.

لما اذا لم تهزّ امرأة زوجها في الليل لتقول له:

"انهض يا حبيبي، مدينتنا، التي شربنا فيها السوس وأكلنا فيها من يد البائع حبات توت الشام، تلك المدينة التي فيها تماثيل مغطاة بظل تمثال، وكل التناقض وكل الألوان وكل الآلهة فيها، تلك المدينة تقصف وتحرق وتقتل، قم يا حبيبي مدينتا التي قلتَ لي فيها إنك سترمي نفسك من أعلى قاسيوين لأجلي، تلك المدينة تقصف.

قم احذف اسمها من دفتر الموت وضع أسماء كل المدن التي لم نذهب إليها ولم نزرها ولم نقضِ شهر العسل فيها".

بالتأكيد لا تشبه بعض المدن بعضها الآخر، ولكن بعضها يترك حكة في الدماغ توقظك في منتصف الليل لتقول:

"هل كانت تلك المدينة مدينتي أم نقيضها؟"

أعرف أن الموضوع أزعجك، وأنك الآن تتذكر مدينتك المفضلة، وتحاول إنقاذ ذكرياتك الأحب في المدينة الأحب..

اغسل يديك..

أصبحنا نتفاخر بمدن لجوئنا ونثأر ممن يتكلم عليها بالعاطل

غربة لا تنتهي

١ . طعام مجمّد

تتوقف سيارة الأجرة في الطرف المقابل لمركز انطلاق الباصات الرئيسي، ويجري نحوها أحد الشبان جارًّا أمامه عربة تحميل البضائع فور تعرفه على السيدة التي تجلس في المقعد الخلفي. تلك أمي التي تنزل بجلبابها الأسود، وينزل السائق أيضًا لِيُخرج الصندوق الكرتوني الكبير الملفوف بأشرطة لاصقة كي لا يُفلت ما به لسبب أو لآخر. يتلقفه الشاب ويضعه في حضن عربته كي لا تحمله المرأة المسنّة.

يجري الشاب وتجري دعواتها خلفه.

بجانب الباص الكبير المتوجه من دير الزور إلى حلب، تقف أمي بجانب معاون السائق الذي يضع حقائب المسافرين تباعًا في صندوق الباص، ويبعدُها المعاون بأنه سيضع الصندوق في مكان مناسب كي لا ينضغط تحت ثقل الحقائب الأخرى.

كانت قد أخبرته بأن الصندوق مليء بالطعام المجمد لابنها الذي يدرس في حلب.

تودّع بعض من تعرفهم من المسافرين وتعود لتربّت على كتف المعاون وهي تسأله عن محطته الأخيرة، كي تخبر ابنها عن المكان الذي سيلتقيه فيه، فرحلة خمس ساعات كفيلة بإذابة الأكل المجمد ويتوجب علي، أنا ابنها، أن أكون سريعًا في أخذه ووضعه في ثلاجتي. تعودتْ أمي أن تطبخ لوالدي ولإخوتي الذين بقوا معها، وبعد أن ينتهوا من أكلهم تأخذ حصّة المغترب وتضعها في علبة بلاستيكية في الثلاجة. تعرفُ أنني لا أعرف الطبخ وتعرف أنني حتى لو كنت أعرف، فذلك لن يمنعها من إرسال طبيخها المحبب الذي سيفرحني.

يمازح والدي أمي أحياناً بأنه يريد أن يأكل من طبخ البارحة، فقط ليسمع الجواب بأن الأكل أصبح في خبر الثلاجة وأصبح من حصة ابنها البعيد.

في حلب، أنهي محاضراتي ولا أذهب إلى البيت مباشرة، أنظر إلى ساعتي بترقب، وفي الوقت المناسب أخرج مبتسماً واعداً أصدقائي بأن العشاء عندي اليوم، فزوادة الشهر القادم

من الطعام أصبحت في متناول اليد، ويستطيعون اليوم الاحتفال بالتوقف عن أكل البيض والفلافل أو المعكرونة البيضاء، أو حتى الأكل الجاهز في أحسن الأحوال. وإذا استدعى الأمر فإنني سآخذ معي أحد الأصدقاء ليساعدني في حمل الصندوق أو الصندوقين إذا كنت محظوظًا كفاية.

أفرغ الأكل وأجد كيسًا من لون مختلف ملفوف بعناية شديدة، أفتحه لأجد فيه حفنة من النقود المعدنية، عشرات وخمسات و(خمس وعشرينات)، كانت أمي قد جمّعت ما في البيت وما في جيوبها وجيوب والدي من نقود لترسلها مع الطعام، تعرف بأنني سأفرح بهذه المكافأة غير المحسوبة.

لطالما كانت الغربة، بحسب المفهوم الذي تربيتُ عليه، أن تدرس أو تعمل في مدينة أخرى مع أنك في وطنك نفسه، ومحاولة أمي أن تطعمني مع أنني لا أجلس على طاولتها، هي اللمسة الحنون التي تصبّرني على بعدي عن العائلة حتى تحين أول فرصة أو إجازة لأعود.

يبدو الأمر الآن طفوليًا جدًا عندما أتذكره، وأتساءل، في كل مرة أمد يدي داخل صندوق البريد في فيينا، ما إذا كان من الممكن أن تصلني بدلاً من الفواتير أو كروت الدعوات، علبة بلاستيكية فيها طبخة من يدي أمي دون أن يكون مصيرها التلف أو دون أن أدفع عليها جمركًا بين الحدود، أنا الذي نزحتُ إلى أقاصي الأرض، وأمي التي نزحت إلى الأقاصي الأخرى، ووطني الذي يتفرج علينا.

الحمد لله أنّ والدتي التي لم تحمل هاتفًا جوّالًا في حياتها، تعلمتُ وتعودتُ على استخدام تطبيق "الواتس آب" لترسل لي صوتها.

٢ . المُلك لله ولكن هذه المحل لي

لا تشعرُ بقيمة الشيء حتى تفقده، وأنا الآن أشعر بقيمة كل شيء.
كردة فعل غريزية عندما تشعر بالخطر، تركض عائدًا إلى المكان الذي تألفه وتملكه وتبسط عليه قوتك وشروطك.
أتذكر كيف كانت تنتهي الشجارات الصبيانية التي كنّا نحظى بمشاهدتها، إما ببكاء أحدهم أو بهرب أحد الأطراف إلى بيته أو محل أبيه.
حتى وإن تُركتْ أبواب البيوت أو المحلات مفتوحة فإن ذلك
لا يتوقف الشجار عند الأبواب المغلقة، ففي أغلب الأحيان كانت تبقى أبواب البيوت وأبواب المحال مفتوحة بطبيعة الحال، لكنك بشكل غرائزي أيضًا لا تستطيع ملاحقة خصمك حال دخوله إلى مُلكِه.
تنتهي هنا صلاحياتك وينتهي خوفُ خصمك.
كما أنك لا تستطيع أن تدعو أحدهم إلى ما لا تملكه، وبشكل ممتد لكرمنا -المفتعل أو الحقيقي- كان أصحاب المحال في كل مكان يضعون مقاعدهم أمام محالهم، ليس لجلب الزبائن إنما لدعوة الناس لشرب الشاي والجلوس وتبادل الأحاديث والأخبار.
أتذكر والدي يوم وضع في أحد أيام رمضان طاولة المكتب بأكملها وما يتبعها من المقاعد على الرصيف، ليقضي ما تبقى من المساء برفقة الشارع والمارين والقاصدين، وما كان من الناس إلا أن تجمعوا حوله.
هناك من توارث عادة إطلاق اسمه أو اسم عائلته على الجُزر الموجودة في مجرى الفرات، وكان يُقال في بعض الأحيان بأنْ من وصَلها فهو آمن. وهناك من ذهب إلى أن يستملك إحدى زوايا الشارع بشكل ودي فتُسمْى الزاوية باسمه أيضًا، أو لتُعرف على أنها زاوية مجموعة معينة من الشبان.
وإذ كنتُ أعتقد آنذاك بأن ذلك فعل انتماء، فإنني أعتقد الآن بأنه عبارة عن فعل أمان.
لا تشعر بقيمة الشيء حتى تفقده، وأنا لا أملك شيئًا الآن.

كنتُ قد عرفتُ قبل ترحالي بأن للزوايا مالكيها، ولكنني بعد أن رحلتُ عن سوريا لاحظتُ في بلاد أخرى بأن الشرطة تزور الزوايا لتمنع أي شخص من الاستقرار فيها وترك بصمتهم خلفهم، وفي بعض البلدان الأخرى كان الجو الحار يمنعك تلقائياً من الوقوف في أي مكان، لا زوايا ولا هم يحزنون، ولا أمان ولا من يملكون.

ومع خسارة المُلك وخسارة الوطن تبقى الأسماء مملوكةً لأصحابها ولأهلها مهما كان الأمر، ولهذا كانت الأسماء أول شيء يأخذه النازحون معهم وأول شيء يعطونه؛ في حلب هناك قهوة لأهالي دير الزور وفي اليونان هناك شارع للسوريين، وفي أوروبا هناك لافتات عربية ومنظمات عربية وشعر عربي. لا أعتقد بأن ذلك فعل انتماء إنما هو فعل أمانٍ أيضًا.

اعتادَ أحد الأصدقاء في قديم الزمان أن يفتح خرائط جوجل ويحدد موقعه بالضبط ويشير ضاحكاً: "ها أنا ذا هنا".

تذكرته واتصلتُ به منذ أيام، فأخبرني بأنه ما زال يفعل ذلك، إلا أنه لا يضع إصبعه على الشاشة الآن، لأنه يعرف بعدم وجود أحد هناك، إنما مجرد خرائط فارغة لأماكن كان يُطلق عليها أسماء معينة بذكريات كثيرة.

أصبحَ صديقي ينتظر اليوم التحديث الجديد للخرائط، الذي يتم كل ستة أشهر، ليتخيل الكثير من الأشخاص والأسماء التي لاصقت زواياها، حتى وهي تحت الركام.

المهم أن المُلْكُ لله والعتباتُ التي تربينا عليها لنا وأسماؤنا هي أرضنا الأخيرة الآمنة.

الأمان المفقود في الدَيّنْ المعهود

أعرفُ بأنني في قرارة نفسي كائن مُجبر على التفاؤل، ولكنني أدركتُ بأنّ تفاؤلي ليس إلا اعتقاداً مدسوساً من اللاوعي الذي يريد أنْ يُغَرر بي، لكي أعتقد بامتلاكي القوة اللازمة لمواجهة هذه الحياة الساقطة. أنا الآن كائن يُدرك بأنّ التفاؤل ليس إلا حاجة أساسية في تخطي لعبة الأيام قبل الموت المكلّل بالانشراح والراحة والصمت.

تعرفُ بأنّ اللعبة قاسية ولا حاجة للضحك على بعضنا والادعاء بغير ذلك، فبينما ترتفع مستويات الصعوبة، تزداد الخبرات التي ستُمكنك من تخطي هذه التحديات، ولكنك وفي لحظة استراحة عابرة، ستفكر في الأشباء التي كنتَ تتمتع بها قبل التغيير والانتقال الجذري الأخير، وستمد يدك إلى عاداتك "المعتادة" كرد فعل انعكاسي، ولكنك تدرك الآن أنها أصبحتْ من الماضي، وأن عليك الآن الاعتياد على مرحلة أخرى.

يكاد أن يكون التفاؤل أفيون هذه المرحلة.

دعنا من الأفيون ومن المرحلة ولنسترجع بعفوية بعض المميزات التي كنت تستمتع بها قبل وصولك إلى هنا، والتي كان من شأن إدراك فقدانها تغيير كينونتك إلى كائن منتبه متنبّه. لن أتكلم عن الحرب لكيلا تقول بأنني ألعب بعواطفك الجياشة، سأقفز فوق الحرب كأي لاجئ يعرف كيف يقفز باحترافية، ولكن هل تعرف ما هو أصعب من الحرب أو أهم منها؟ ألا تستطيع استعارة كوب من السكر من جارك لأنكَ لا تعرفه، أو لأنّ الفردانية هي المقوّمُ الأساسي للمجتمع الذي انتهث قفزتك فوق الحرب إليه، ولأكون أكثر دقة فإن دق باب جارك يعبّرُ عن استعارتك لوقته، الذي لا يُستحب منك أن تلقي ظلك عليه.

دعنا نخرج من هذا المبنى الذي لا تستطيع فيه استعارة كوب من السكر.

ها أنت الآن في الشارع وفي جيبك القليل من النقود التي لا تكفي لشراء شيء ما حقيقة، ولسبب ما، لن أقول الحرب، لستَ في بلدك الذي تعودت فيه أن تخرج من البيت من دون نقود لأنك متأكد قطعاً قطعاً بأنك لن تحتاجها، فعلبة السجائر تأخذها من المحل المجاور لبيتك على الحساب، وكأس الشاي في المقهى يسجله المدير في دفتر أصفر كبير بين أسماء الذين نسوا محفظتهم في البيت، وأسماء الذين لا يملكون النقود في انتظار الراتب آخر الشهر.

المحلات الكبيرة لم تعد تقدم لك الأمان الذي كنت تحس فيه في مراحلك الماضية، "بيلا"، "شبار"، "ليدل"، "ميغروس"، كلها تعرض ما لديها من أغراض على نحو جميل، ولكن عليك أن تتأكد من بطاقتك الائتمانية أولاً أو عليك أن تتأكد من خشخشة العملة في جيبك. هل تعتقد بأن المحلات الكبيرة هنا لديها أخلاق جارك، صاحب المحل الصغير، الذي يعرف بأنك تحرك يدك في جيبك دون أن يكون فيها أي عملة معدنية أو حتى أثر حديدها البارد، ليقول لك على الفور "ادفع لاحقاً".

أحيطك علما بأن لون الموز الذي كانت أمك تخبئه في غرفة نومها ليس أصفر كما تعتقد، إنما هو اللون الذي أضفاه عقلك عليه لندرة حضوره على الطاولة، كلون الذهب الذي كنت تراه باهتاً في كتب التاريخ.

تماماً كلون الشمس الذي كنت ترسمها في الصفوف الابتدائية كقرص أصفر مبتسم ممطوط، دون أن تعرف أن لونها أبيض كبياض الأمان الذي فقدته وتغيرت ألوانه منذ أن كثُرت الاستعدادات لمراحل عصيبة قادمة.

هل تعرف أن شراء الموز اليوم أصبح أمراً عادياً مثل كلمة المرحبا، سهل مريح بدون عقبات أو ترتيبات مسبقة.

لنقفز فوق الحرب مرة أخرى..

يقول لك والدك بأن الأحوال في سوريا محتملة، ولا عليك أن تخشى عليه بالفعل، لأنه يستطيع القفز أيضاً فوق كل شيء، ليستدين من جيرانه ومن المحلات المجاورة أو من

الأصحاب المقربين وغير المقربين ليضع رأسه على وسادته، وهو يعلم أنه إذا لزم الأمر سيستدين من أحدهم ليسد دين أحدهم ويبقى لفترة أطول في مساحة الأمان الأبيض، الأمان الذي يتكلمون عنه هنا، ولكنهم لا يملكون دفتراً أصفر يحتوي أسماءهم ليكون دليلاً على ذلك..

أريد حياة جديدة

لأفعل الأخطاء نفسها بترتيب أفضل

الذبابة التي قرأتْ

لستُ من الذين يشعرون بالراحة أو بخفةِ القلب لحمْلِ الكتاب الذي أقرأهُ في المترو أو في الشارع لتراه بقية الناس، لكي أفردُ ما هو أكثر من خصوصياتي أمام الملأ. عرضٌ لا حوار متبادل فيه ولا نقاش يبني أو يهدم.

لم أفكر بالموضوع من قبل، لكنني شعرتُ بأنني أحملُ كالمفضوح جزءاً من دماغي وأعبُرُ فيه الشوارع، أنثرُ خلفي أجزاء صغيرة منه ليتمكن الغرباء من تلمس ردة فعلي لحظة قراءتي لقصة ما، كأنْ يشهدوا عدم تعاطفي مع الأبطال الوحيدين مثلي، أو أنْ يسجّلوا رغبتي بتبليغ الشرطة عن المجرم بعد الصفحة الثالثة.

أدركتُ أيضاً عدم رغبتي بأنْ يقرأ العابرون من أمامي المفاجأةَ على وجهي لحظة اكتشافي التخاطر غير المخطط له مع الكاتب، ذلك الكاتب الذي تلصص على حياتي ونسخني في كتابه، فيعرف الجميع أي شخصية تشبهني في الكتاب، وما هي نقاط الضعف المشتركة واستنتاج كيف تراكمتْ وتشكلتْ هزائمي.

من الممكن أن يستشف الواقفون في المترو والجالسون على عشب الحدائق العامة من انعكاس الصفحات على عينيّ، بأني أعيد قراءة الصفحة مرتين على الأقل، وأنني أقلّبُ الصفحات ببطء شديد لأنني أسرح بأفكاري كثيرا بين جملة وأخرى، سيُميّزونني من الخلف والكتاب في يدي، ويتمكنون من اللحاق بي ومعرفة لون باب بيتي ورؤيتي والتلصص عليّ وأنا أخبئ علبة السجائر خلف النبتة الكبيرة المركونة على كتف النافذة في الطابق الأرضي. وأنني أسكن في الطابق الثالث وأنني لا أجيد صعود السلالم برشاقة. لا أريد أن يعرف الناس بأنني من الذين تنقطع أنفاسهم، وهو سبب كافٍ لرجل دخل مؤخرا ذروة شبابه من بابها الضيق.

لا أخاف من التكنولوجيا أنما أنا أخاف من تطورها، وإذا راقبتني ستشاهد عدم ترددي برمي

اسمي في كل تطبيق على الفيسبوك أو خلال عمليات التسجيل في المواقع، لأن اسمي لا يفضحني كما يفعل الكتاب الذي أحمله، كأن يُقرَأ وجهي أثناء قراءته، ولا يصرّح تاريخ ميلادي بحالة الشيزوفرانيا التي أعيشها، بين رغبتي بالكلام وواجبي الذي يقضي بالاستماع أيضاً وفقاً للمعايير الأوربية الجديدة. قراءة الكتب في الأماكن المكشوفة هي بيان صامت يتفجر في وجه كل من تقابله، ولا يَغفُل عنكَ أنّ محتواكَ المكشوف أمام الكتاب يمثل محركاً ديناميكياً خفياً للمحادثات بعيداً عن نواياك ورغباتك.

تعلمت منذ قرأتُ "مزرعة الحيوان" لجورج أورويل وأنا في المدرسة الاعدادية، أنّ القراءة متعة عارمة ومغامرة عميقة لا يجب أن يُحرم منها أحد، حتى الذبابة، الذبابة التي يمكن أن تهبط على الكتاب المفتوح لا يجوز حرمانها من متعة التنقل من كلمة إلى أخرى، وتحريك أيديها بـ "يوفوريا" كبيرة كأنّ الكلمات سُكّرٌ نقي لا مثيل له في أي مكان آخر في العالم. ولكن، في اللحظة التي تحط هذه الذبابة على الكتاب عليكَ أن تشيحَ بنظرك بعيداً عنها بدلاً من مراقبتها وترك المجال، وإن كان صغيراً مثلها، لتأخذ ما تريد من حُرّ الأفكار قبل أن تطير بعيداً.

لا أعرف بالتأكيد إذا كانت الذبابة تقرأ بالفعل ولكنني حتمًا لن أقطع عليها خلوتها وأتلصص عليها وأنكز دماغها، ذي الخلية أو الخليتين. لن أحاول استراق النظر لذاكرتها وما شعرتُ به بعد أنْ حطّتْ على طاولة شخص يشبه هيمنجواي في ملامحه القاسية وجسده الخشن، عندما كتبَ في دفتر يومياته:

"لم أعد شجاعًا يا عزيزتي، أنا مكسور بالكامل، لقد كسروني. هذا العالم نشيّده فينهار، ثم نشيده ثانيةً فننهار نحن!".

دع الذبابة تقرأ ما تريد وتطير وتُشيّد عالمها وتنهار، إذا كان لها ذلك، دون تصويرها وتحليلها وعرضها في متحف قوميٍّ مع شرح قصير لانتماءاتها ورقمها الوطني بجانب عبارة تقول:

"كانتْ تحبُ القراءة عارية، ترفرف بأجنحتها في غرفة درجة حرارتها ٣٢".

في المستقبل القريب لن ينقطع العالم عن الكتابة والقراءة ولكن الفارق سيكون في أنّ بشراً ستقرأ بشراً بدلاً من أن يقرؤوا الكتب، وسيجيبك أحدهم عند سؤالك عن هوياته:

"أفضل قراءة البشر في الحمّامات العامة وأحياناً أقرأ بعض المراهقين على مواقع التواصل الاجتماعي".

من الأفضل على كل حال أن تقرأ كتابك لوحدك في عتمة المكتبة أو في غرفتك بعيداً عن العيون أو الكاميرات، التي تراقب وتحلل ارتعاشاتك وارتفاع درجة حرارة وجهك إثر كل جملة أو حكاية، لتُسقطك في بؤرة التأويل والتسويق التي لا تريدها.

بالحديث عن خصوصية دماغ الذبابة، أنتَ تعرفُ بأن الخصوصية هي أمر أزلي لا بداية له ولا نهاية وليس موضة جديدة انتشرتْ بعد الثورة الصناعية؟! بالتأكيد تعرفُ ذلك..

لم يُكتبْ القدَر في كتابٍ معلوم يحمله المعنيون به أينما ذهبوا وأينما استقروا، ليراه الناس ويعرفوا ما خُطِّطَ لهم وما لن يكون. لم يحمل ذاك الكتاب المحفوظ عنواناً تتخيل من خلاله كيف ستنتهي القصة، أو إذا ما سيكون هناك حبكة في النهاية، أو قبلها بقليل.

"القدر مكتوب في كتاب محفوظ" هذا كل ما سمعته وما تعلمته، وكنتُ أتخيل دائماً لو قُدِر لكتاب القدَر أن يحمل عنواناً، هل سيكون "عبادة، حب، صلاة" أو "أزمنة مختلفة لمصيبة إنسانية ممتدة!".

لا أحد يعرف العنوان لأن كاتبه لا يحمله في المترو ليُقرأ منه أسماء وتواريخ ونعوات وشهادات ميلاد وحبكات تحصلُ في اللحظة والمكان المناسبين.

اقرأ ثم اقرأ ثم اقرأ، ولكن بعيداً، في خلوتكَ الجميلة وفي معزل عن ماكينات الأحكام المبرمجة والتسويق التحليلي الإلكتروني، وبعيداً عن القَدَرْ الذي يجب عليه البقاء مبهماً إلى حين..

هذا الحزن
صِنَاعة مَحَلِّيَّة

لجوء عكسي

لا شكّ في أنّ الوطن يحبنا ويعيش فينا ومن خلالنا، ولا بد من أننا نحبه ونشتهي الأفضل له ولنا، ولكن علاقتنا به متغيرة ومعقدة، فنبادله الحب بشكل متفاوت ومتقلب، بحسب معاملته لنا ووفقا لمزاجنا ومقدار السعادة التي نجدها أو نضيعها فيه.

وإذا كنّا، نحن المواطنين الودودين، نولد ونكبر ونتغير وفي النهاية نموت ونُنسى، فإن الوطن يولد ويتغير ولكنه لا يموت ولا يمكنُ أن يتلاشى من أذهاننا، حتى لو اندثرت معالمه وبات رمادًا. فإن كنّا معرضين للنسيان فإن التاريخ لا ينسى ولا يكلّ التذكر ولا يملّه.

إذا حالفك الحظ ونجوت لتعيش بعض قرنٍ، قرأتَ خلال سنواتك عن قرون أخرى طويلة، فإنك ستخرج من الحيز الفيزيائي البسيط بخلاصتك الخاصة المعقدة وسترى أشياء ليس لها وجود إلا في عقلك، ذلك الذي يحاكي في عالمه كل العوالم وكل الاحتمالات.

لا شك أن للوطن فلسفته الخاصة كأي وطن مميز لا يماثله أي مكان آخر، ولكن فلسفته تتغير، بحسب مزاجه أو ظروفه الشخصية ووفقًا لكمية أمراضهِ المزمنة (قلّتْ أو كُثرتْ)، وبالطبع كمية التأمل الذي يمارسه والسلام الداخلي التي يحظى به.

دعني أخبرك بأنّ علاقتنا بوطننا اهتزّتْ في الآونة الأخيرة، ولا خجل في إخبارك ذلك ولا حاجة لإخفاء هذه الأمور، فالخلاف في العلاقات كما تبيّن لي في الآونة الأخيرة أمر صحي ويجب مواجهته والتباحث في حله. بعد أن تصاعدت لحظات حبنا له ووصلت قمتها انتكس تفاهمنا وتعايشنا وأصبحنا بحاجة إلى جلسات علاج نفسية للأزواج، لكي نعرف في نهايتها إذا كانت علاقتنا ستنجح أو إذا كان مصيرها الفشل والتعاسة الأبدية.

وصلنا بعد نزاع داخلي إلى مفترق طرق عصيب، توجّب عنده اتخاذ قرارات حاسمة، فقررنا الانطلاق جماعات جماعات تاركين خلفنا وطننا المتأزم في محنته، ولكن إذا فكرت قليلًا، سيخطر ببالك احتمالية أن يكون "هو" الذي تَرَكَنا نغادره أيضًا، كأنه فكّر بشيء يشبه

تلك الفلسفة الأثيرة القائلة:

"إن كنت تحب شيئًا أطلقه بعيدًا، إن عاد فهو لك وإن لم يعد فلم يكن يومًا مكتوبًا لك".

بعد أن تركتَ كل شيء خلفك ـ ذكرياتك، بيتك وأصدقاءك الذين بقوا طوعًا والذين بقوا قسرًا ـ سينصحك على الطريق الكثيرون من أبناء جلدتك بأن ترجع وسيخبرك آخرون من بني لونك بجدوى الترك والذهاب قدما، وستبقى أنت تمشي محتارًا تضرب أفكار الليل بشكوك النهار.

في الوقت الذي تدير ظهرك لعلاقة سابقة ستبدأ بملاحظة الآخرين الذين يريدون ما فقدته وما تركته، كأن قرار تركك كان بمحض إرادتك لا إجبار فيه ولا ظروف خارجية معقدة. حسئًا، ستبتعدُ ومع كل حدود تقطعها تتلفتُ حولك، تسأل الواقفين الواجمين على الحدود إن كانوا يقصدون الجهة نفسها، أو إن كانوا سيوافقون على اختيارك، كنوع من الغريزة الفطرية لتتأكد بأنك لست "الهاجر" الوحيد، وستقتنع في النهاية بأنك مهاجر يبحث عن راحة البال لتقييم حياته في هدوء وبأنك ستعود فورًا لو تبين بأن هنالك فرصة لبناء العلاقات المتهدمة.

كلما كثُرَتْ الحدود أمامك صعُبتْ الاختيارات...أو هي خباثة الأرض الواسعة.

كنتَ محاطًا بستة حدود في وطنك الأول، ويبدو أنّ البلد الذي وصلت إليه الآن، بحدوده الثمانية مع الدول المجاورة مناسب لخوفك المتفاقم، أو لنقل لنوم تتقلب فيه بدلًا من المرات الست مراتٍ ثمان، مترقبًا ومراقبًا علاقات من حولك بأوطانهم ومن أي جهة ستأتي رياح التغيير التي سـتُطيّرُكَ خفيفًا كأي ورقة رسمية لم تكتمل عليها الختوم والتواقيع.

في هذه الأرض البعيدة وتحت مناخها المتقلب، سيصرخ بوجهك قوم لا تتكلم لغتهم كفاية أن ترجع إلى وطنك، وسيربت على كتفك قوم لا يتكلمون لغتك أن ترابط عندهم، وبأن علاقتهم بوطنهم تحتمل وجودك وبأنه لن يستاء من وجود بعض الأفواه الإضافية أو بعض الأصوات الجديدة حتى، ولكنك لا تريد أن تفرض نفسك، ستقول بلغة ما بأنك مغلوبٌ على

أمرك وبأنك يتيم علاقات، لا صدر يحنُّ عليك ولا تاريخ يجلب لك من نفسه شيئًا سوى الذكريات.

تروي لك لاجئة عجوز من ذاكرتها ـ بالرغم من أنّ الذاكرة بالأسود والأبيض ـ عن لون عيون الرجال الذين مروا أمامها وعن شكل حقدها المتكوّم، ثم تمسكُ بتلابيب خوفك بيدها اليسرى وتمسكُ الجريدة بالمقلوب وتقرأ لك المستقبل في الخطوط العمودية:

"ستلجؤون وسيتحزبون، سترابطون وسيصرخون، وإن كنتم لا تتكلمون لغاتِ من هم على غير لونكم، سيرفعون لافتات بلغاتكم تقول: اخرجوا قبل أن تتجذروا وقبل أن تتفتح لكم زهرة واحدة أو يخضر لكم حقل أو تألف مروركم فزاعات الحقول".

ولأنك تحب العرافات وتسمع كلامهن ككلام أمك، ستجمعُ أغراضك لترحل وتعود إلى جلسات علاج الأزواج النفسية وتقابل وطنك الذي تركته، دون أن يكون هناك مساحة ليتنفس التفاهم بينكم أو ليلم الأمل شتاته.

ولكن العجوز لم تخبرك كل شيء عن مستقبلك، ولم تبح لك بأن لكل حزب رد حزب معاكس ومساو في القوة ولربما في الغرابة أيضًا، وستترك لك مفاجأة رؤية لافتات أخرى تصيحُ بأن "الخروج من الملاجئ ليس سهلًا كدخولها"، وبأن "من لجأ إلينا فهو أمن ولكنه مجبر على البقاء في كنف أماننا وتحت جناحنا"، وبأن الحدود التي أُغلقت لمنع دخول اللاجئين الجدد أُغلقت لمنع عودة من عبروها إلى وطنهم أيضًا.

هل تتذكر المافيا الألبانية، التي احتجزتك، أنت وأخوك أسبوعًا كاملًا في الكراج بعد عبورك حدود صربيا، لكي تدفعوا لهم حتى يأخذوكم عبر البلدان إلى أي حدود تريدونها؟!

صرّف والدك جزءًا كبيرًا مما يملك إلى اليورو، لتستطيع دفع ما يستلزمه الطريق من مصاريف، فكنت تقطّر في يد المهربين ما تملكه ببطء لكي يوصلوك إلى هدفك، قبل أن تنتهي السيولة من جيوبك. مع أنك فيما بعد خذلت والدك، بعد ما يفترض تسميته استقرارك الجديد، ولم تستطع أن تتصرف وتصرّف له شيئًا عندما قال لك بأنه يحتاج بعض المال،

واكتفيت بإخباره بأن الحياة ليست بالسهولة التي كنتم كلكم تنتظرونها.

ولكنك الآن ولسخرية القدر، القدر التي رأتها العجوز في الجريدة المقلوبة، تصرّف اليورو وتحوّل المال إلى عملات أخرى لكي تحاول الهروب بشكل عكسي إلى وطنك.

ستحتاج إلى الكثير من "الفورنتات" لتعبر هنغاريا دون أن يلاحظك أحد المتعصبين هناك ويُبلّغ عنك وعن هربك من ملجئك، وربما كنت محظوظًا فيعتقدون بأنك أحد جيرانهم المتعصبين لعملة بلدهم فيتركونك دون الحديث معك لقرفهم منك، صنعة القرف في نفوس الناس خُدعة مناسبة لعبور تلك البلاد.

سُتُقطّرُ بعض الدنانير الصربية في أيدي الشرطة لكي يغضّوا الطرف عنك، مع أنك عندما عبرت الحدود الصربية كنت فخورًا بالدفع باليورو لتقول بأنك سائح مع أن كذبك كان مكشوفًا، ولكنك الآن لا تريد المخاطرة بأي شيء، فأمامك حدود مغلقة وخلفك حدود مغلقة وهو الوضع الذي لم تكن تتوقعه أبدًا.

عندما تصل إلى اليونان ستستخدم اليورو مجددًا دون أن يهمك خطر أن يكتشفوك كثيرًا فهؤلاء أناس تحبك ويحبونك، يشاركونك البحر نفسه.

عندما قطعت الحدود أول مرة كنتَ تنظر إلى الأمام فقط، كان همك الوصول إلى الأفق الذي أمام عينيك، ولكنك الآن تنظر إلى الأمام وإلى الخلف، تخاف مما ستجده أمامك وتخاف من كل ما تركته وراءك، وتخاف من أن تسحبك الحدود، ليس إلى موت مؤكد، إنما إلى حياة مؤكدة لا تريدها، فقط لأن قوانين الفيزياء تحتم تحول الحرارة إلى طاقة، وأنت عندما أتيت جلبت معك حرارة قلبك وحرارة غضبك وحرارة حربك، مما أدى إلى تخلخل استقرار دورة عمل دماغ ملجئك.

حتى الحنين يغلي الآن في داخلك، أنت تتوق إلى تلك الجلسة غريبة الأطوار مع وطنك وتأمل بأنه سيستقبلك بذراعين مفتوحتين، حتى إذا كانت إحداهما لربما عاجزة عن الارتفاع فوق الكتف لعلة في الأعصاب أو لزيادة نسبة الرماد المتحلل في الماء.

قبل أن تبدأ لجوعك العكسي، وقبل أن تقابل العجوز وتغوص في ذاكرتها وفي مستقبلك، كنت تقف أمام المجلى تدندن لحنًا مألوفًا ولكنه خرج من بين شفاهك بصعوبة وبنوتة باهتة،

لم تتعرف فورًا على الكلمات التي تناسب اللحن الذي تغنيه، ولكنك تركت الصحن الذي في يدك للحظة حين أدركتَ بأنك تدندن نشيدك الوطني الذي اعتدتَ أن تغنيه في المدرسة بحنجرة مجروحة تحت القبعة الحمراء التي يرتديها الرفاق الاعتياديين في الجيوش الحمراء الوطنية الاعتيادية.

تنظر إلى رغوة الصابون على الصحن، تلك التي تبللت بدموعك أيها المفجوع.

أنت تعرف، بأن جيرانك الجدد خلف الحدود الثمانية يصحون كل يوم بشكل اعتيادي ولربما يشربون البيرة في سوق السبت ويتمتعون بغناء نشيدهم الوطني إذا ما أرادوا ذلك، ولكنك الآن أمام مجلى الصحون تواجه صعوبة في غنائه بعد أن سُلبتَ حرارته في كل مرة سمعته بالتوازي مع سماع خبر موت أصدقائك أو خبر اعتقال أصدقاء أصدقائك الذين أصبحوا ولكثرة الحديث عنهم وعن قصصهم أصدقاءك بالتعدي.

كيف ستعود الآن إلى بلد نشيده الوطني لا ينتمي إليك وكيف تستطيع البقاء في بلد لا تنتمي لنشيده هو الآخر؟

هل تعتقد، وفقًا لقوانين الفيزياء بعد أن أعطيت حرارتك لمن سمحوا لك بالبقاء عندهم، بأنك ستأخذ برودة الشمال معك في رحلة لجوئك المعاكسة لتطفئ كل الحرائق التي نالت من علاقتك بوطنك وهشمت ثقتك بحبك له؟!

لا تحاول البقاء حياديًا، عليك أن تختار الجانب الذي يعنيك والحدود الأنسب التي تعنيك وتحدد حركتك، فالحياة ليست لعبة كرة قدم، تغني النشيد الوطني السوري على مدرجات الملاعب وتنسى ما يحصل لأصحاب النشيد الحقيقين في الخارج.

أنا لستُ جَمَلاً

يرقدُ الغبار بهدوء على رفوف المكتبة السوداء، ولكن لا بأس بذلك، فسماء اليوم الصافية تُتيح لي الانشغال بملاحقة حركات الطيور البهلوانية، وبالرغم من أنني لا أرى الشارع أسفل نافذتي من الطابق الثالث، إلا أنّ صوتَ العمال المنهمكين بترميم واجهة المبنى المجاور يصلني من وقت لآخر، لا بد وأنّهم يستغلون الطقس المشرق للعمل، مع أن الواجهة الصفراء تبدو جديدة لدرجة أنك لا تفهم ما الذي يهدفون إليه بالضبط؟!

لربما استيقظ العمال على همة عالية دون أي وعكة في الجسد، فقرروا ترميم الواجهة تحسبا لمرض يُقعدهم لاحقا عن فعل أي شيء. لربما تجديد الواجهات عادة من عادات الصيف هنا، يشبه ما كانت الأمهات في دير الزور يفعلنه بغسل السجادات الملونة الكبيرة أمام البيوت وملئ الشارع كله بالماء ورغوة صابون الغار، أما هنا في الحي الخامس عشر بالقرب من سوق "مايزل ماركت" في فيينا، فإن الأمهات يُفضلنَ إرسال السجاد إلى محل التنظيف بينما يتكفل أزواجهن باستئجار ورشة لتجديد الواجهات.

كانت سماء ليلة البارحة هادئة أيضا، مع بعض الغيوم البيضاء التي تضيء الأفق وتجعل الجلوس أمام النافذة والنظر إلى الفضاء أقل رعبا مما قد يصيبك في ليلة دامسة أخرى. لكن البرق كان يجرح صفحة السماء، وكأنه يتوعد بليلة ممطرة باردة.

تخرج امرأة في المبنى المقابل إلى "التّرّاس" المليء بالنباتات، ثم تصعد السلم المعدني المفضي لسطح بيتها حيث تمتد حديقتها الثانية، وفي اللحظة التي ينزل فيها ضوء البرق مرة جديدة تصعدُ نار ولاعةِ المرأة غير مكترثة بما حولها أو حتى شباك غرفتي الواقع على مستوى نظرها. تستطيعُ تحت الغيوم الناصعة تقدير حرص المرأة على صحتها وتدخينها

سيجارة واحدة يوميا فوق السطح، ويُخيِّلُ لكَ بأنّها تُفضِّل التدخين بين النباتات التي تَبثُّ في ليلة كهذه روائحها المختلفة. أما أنا فألِفُ سيجارة ثانية وأتخيّلُ نبتة نعناع صغيرة في أحد أركان الحديقة وتَغَيُّر طعم السيجارة لو هزّتْ الريح أوراق النعناع.

بينما أجلسُ أمام المكتب المحاذي للنافذة المفتوحة، يشغلني اتصال والدتي عن الأفق ومن فيه، لا بدّ وأنها سمعتْ خبراً جديداً، فهي تتصلُ كلما سمعتْ عن عاصفة تُداهم أوربا، حتى لو كان ذلك في أقصى الشمال البعيد عني، أو خبرا عاجلا عن ثلوج ثقيلة تغلق الطرق أو تعرقل حركة الطيران.
لا تعرف والدتي بأنني أتجنبُ المواعيد كلما رأيتُ قطرة مطر واحدة في تطبيق الطقس على هاتفي، وأجلسُ في البيت عاري الصدر منتظرا خلف النافذة مرور المطر مستمتعا برائحته، إلا أنّها لا تطمئن إلا بعد اتصال الفيديو لتشاهدني أغلق النوافذ وأرتدي سترة ثقيلة لتصدق بأنني أُداري صحتي، وبأنّها قادرة على ممارسة سلطة الأمومة بالرغم من إقامتها في بلد آخر.

أودُّ أحيانا مهاتفة مسؤولي نشرة الأخبار لأطلب منهم الإشارة إلى بُعدِ النمسا في كل مرة تضرب عاصفةٌ ساحل ألمانيا، فتطمئن أمي بأنّ الكرة الأرضية ليست اسفنجية كفاية لتتبلل كلها جراء قطرتين من المطر في زاويتها البعيدة، لكنني لا أملك رقم هاتفهم على أي حال.
أنهيتُ اتصال أمي ونزعتُ الكنزة الثقيلة وتأكدتُ من أنّ النافذة شبه مفتوحة، ثم ألقيتُ على السرير في الغرفة المعتمة التي كان البرق يُضيئها بين الحين والآخر، كأنَّ أحدَ "البابارتزي" يأخذ صورة كلما تحركتْ فكرة في رأسي أو أفلتتْ تنهيدة مني.
بعدما أُضيئتْ الغرفة عدّة مرّات، تقلبتُ في سريري نحو النافذة التي كنتُ أعطيها ظهري، لكي أُسدلَ الستارة فيعجز الضوء عن الدخول، فتفاجأتُ لحظتها بأنني أنام على حافة السرير الكبير مُرخيا رأسي على زاوية الوسادة وبأنّ ما تبقى من الفراش يمتد بيني وبين النافذة، مكويا أملسا كأن أحدا لم يقربه أبدا.

أعرف بأنّ كلا منّا ينام على الجنبِ الذي يريحه، ولكنكَ لو رأيتني لاعتقدتَ بسقوطي الوشيك من السرير.

لربما كنتُ أستلقي على الجانب الذي يشعرني بأقل قدر من الراحة، فأنا إذا أنامُ على جانبي أدرّبُ يدي وكتفي على حمل ثقلي كله، وهو تدريبٌ غير متعمدٍ لشكٍ في قرارة نفسي بأنّ أحدهم سيعطيني كتفه ليسندني، أعرف بأنه لن يبقَ لي إلا زاويتي الحادة كما حروف المكان الضيقة لتحملني وتحتملني.

حتى في الأيام التالية، عندما كنتُ أتقصدُ الاستلقاء في منتصف السرير وإرخاء رأسي فوق صدر الوسادة، كنت أستيقظ وأنا على الحافة متكوّما على جانبي الأيمن.

لا بد وأنه سجنُ العادة الذي لا يمكنكَ التخلص منه مهما كبُر السرير واتسعتْ الرغبة بالاسترخاء.

عليكَ في وقت ما أنْ تُدرب نظامك المناعي وتحددَ له مساحة حريته، كما عليك رفع عتبة تحملك للألم وبناء حائطٍ يناضلُ الألم لاجتيازه، تماما كذلك الحائط الذي يريده "ترامب"، عليكَ أن تكون ديكتاتورا على جسدك وإن كنتَ محكوما من قبل دكتاتور آخر، فأنتَ لا تملك امتيازات العمال الذين يرممون الواجهة الصفراء، الذين يستطيعون انتظار طقس جميل للعمل.

لربما تحكمُ عليّ بقلة الحكمة وهو ما لا أنفيه أبدا، حتى إذا تنطقتُ ببعضها سهوا، فلقد خلعتُ أسنان العقل بعد أن فشلتْ محاولاتي بتتويجها وتثبيتِ رباطة جأشها منذ أول التماعٍ لبرق الألم في ظلام فمي الدامس.

وبالرغم من أن عتبة تحمل الألم مرتفعة عندي لأسباب موروثة، وبالرغم من التمضمض بالعرق لتدريب الأسنان على عدم التخاذل والوقوف بجانبي طالما استطاعت، إلا أنني خسرتها واحدة تلو الأخرى، مَرّة مع لقمة فلافل يابسة ومَرّة بعد التهاب في الأعصاب كان يُهدد سلامة القلب.

بدى استنفار الطبيب قبل خلع آخر أسنان العقل غريبا، فوصف لي مضاد التهاب ومسكنات متدرجة في قوتها، وكان استنفار صديقتي غريبا أيضا، حيث أرادتْ تحضيري نفسيا لأوجاع قد تصل إلى ما لا أحتمله وتعدني بقدومها بعد عملها لتطمئن عليّ متيقنة من رؤيتي متلويا من الألم على حافة الفراش متمنية بأن الثلج الذي ستحضره سيعينني على النجاة.

ولكن الأكثر غرابة كان إبرة التخدير التي قدمها لي الطبيب وكأنه على وشك تخدير جمل ومنعه من الفزع.

ولكنني لستُ جملا، حتى وإن كنتُ جرّاء الجلوس أمام طاولة الكتابة بظهر محدودب تستطيع تشبيهه بالسنام، حتى وإن تمكنتُ من المشي وقطع الحدود لأيام طوال مكتفيا بذاكرة الماء في عروقي، والنوم وقوفا أو جلوسا واستعداد أقدامي للنهوض في أي لحظة يقدح فيها صوت أو يلمع ضوء.
أنا لستُ جملا حتى وإن خسرتُ أسناني كلها وبدأتُ ألوكُ اللقمة بشكل مضحك وأترك فكّي السفلي ينزلق نحو اليسار ليعود بعدها بسلاسة نحو اليمين.

حذرني الطبيب بالطبع من التدخين بعد الخروج من عنده وبأنني لربما سأحتاجه خارج أوقات دوامه، وبأنه لن يكون متوفرا لأجلي.

كان الغبار ما يزال على رفوف المكتبة عندما عدتُ إلى البيت، فجلستُ أمام المكتب أفكر في كمية الألم التي وعدني بها الطبيب وجهزتني صديقتي لمواجهتها، مما جعلني أتفحص المسكنات وأرتبها بحسب قوتها استعدادا للحظة يُعمى فيها على قلبي من الألم، فأعرف كيف أميزها وأتناولها بالترتيب.
في الأفق الممتد أمام المكتب، أشاهد المرأة تخرج مجددا وتصعد السلم الحديدي إلى الحديقة العلوية وتدخن وسط حديقتها غير مكترثة بالمطر الذي بدأ بالتساقط. مما ذكرني بحوض نعناع صغير أحضره أحد الأصدقاء وتركته في الغرفة المجاورة، فنهضتُ قبل أن يباغتني

الألم المنتظر وجلبتُ الحوض إلى غرفتي لأضعه أمامي على النافذة، ثم قطفتُ منه نعناعة صغيرة فركتها في راحة يدي اليمنى التي أستعملها للتدخين، وبهذا أشم رائحة النعناع كلما دخنتُ شيئا من اللفافة الناعمة.

وضعتُ مضاد الالتهاب تحت لساني ورُحتُ أدخن بالرغم من تحذيرات الطبيب، ثم نهضتُ وأعددت بعض الطعام وبدأت بالعمل على بعض الملفات القديمة والأفكار التي لا تزال تدور في ذاكرتي ريثما يصل الألم ويتعدى عتبة احتماله.

بعد عدة ساعات لم يحصل شيء، مما شجعني على مضغ لقمة صغيرة من الخبز المبلل بالمَرَق، ولكني لم أشعر بأي عصب يُحرك ساكنا أو ينتفض محتجا على السيجارة أو اللقمة، فقمتُ ورميتُ علب الأدوية في القمامة ونظرتُ في المرآة متسائلا إذا ما كنتُ قد عبرتُ الحدود هربا في لعظة خوف ولم أنتبه أن إحساسي قد هرب مني في اتجاه مختلف تماما.

أنا شاعر شاطر جداً
لا أكتب دائماً
ولا أحدق في السياسة
لا أشرب الحليب
وأتبولُ واقفاً في زوايا المدن الغريبة
أحسد أصدقائي على نجاحاتهم وأعمل جاهداً
أعرف
كأيّ شاعرٍ شاطرٍ، بأنني سأذهب إلى الجنة
بعد ثناء قصير ممل

سيكتبون على شاهدتي:
في لحظاته الأخيرة
لفظ أنفاسه وهو يشتم الذين مرّوا
والذين لم يمروا
بألمانية لا غبار عليها